中國古典詩詞精品賞讀

李清照

趙曉輝 編著

五洲传播出版社

图书在版编目（CIP）数据

中国古典诗词精品赏读丛书：繁体版. 李清照 / 赵晓辉著. -- 北京：五洲传播出版社, 2024.1

ISBN 978-7-5085-4995-8

Ⅰ. ①中… Ⅱ. ①赵… Ⅲ. ①李清照（1084-约1151）－古典诗歌－诗歌欣赏 Ⅳ. ①I207.2

中国版本图书馆CIP数据核字(2022)第241313号

中国古典诗词精品赏读丛书

李清照

出 版 人：关 宏
编　　著：赵晓辉
责任编辑：黄金敏
图片编审：迟乃义
装帧设计：宁成春
出版发行：五洲传播出版社
地　　址：北京市海淀区北三环中路 31 号生产力大楼 B 座 6 层
邮　　编：100088
发行电话：010-82005927　010-82007837
网　　址：http://www.cicc.org.cn　http://www.thatsbooks.com
印　　刷：北京市房山腾龙印刷厂
版　　次：2024 年 1 月第 1 版第 1 次印刷
开　　本：710 × 1000 mm　1/16
印　　张：8
字　　数：60 千字
定　　价：68.00 元

編者的話

中國在歷史上是一個“詩歌的國度”，古典詩詞是中國傳統文化的奇葩。早在三千年前，我們的祖先就創作出了以“詩三百”爲代表的優秀詩篇。此后每個歷史年代，詩歌創作都結出豐碩的成果，其中不少名篇名句，膾炙人口，傳誦至今。這套“中國古典詩詞精品賞讀”書系，選取了歷史上最具代表性的詩人、詞人的優秀作品，並加以詳盡通俗的譯注、評解，試圖由此將古代中國人創造的最可珍貴的文化瑰寶介紹給當代海內外讀者。

以“國風”爲代表的《詩經》和以《離騷》爲代表的楚辭，無論是在思想內容上還是在藝術手法上，都對中國後世詩壇產生了深遠影響。中國詩歌至唐代而達到高峰，呈現出後人所稱譽的“盛唐氣象”和“少年精神”，而從李白、杜甫等詩人身上，從他們留下的詩歌中，不難看出“風”“騷”以來優秀傳統的回響。他們都有强烈的現實關懷，關注國家、社會、民衆等問題；而這種主題，往往是詩人通過自己的人生境遇和心靈歷程去感悟，通過描繪自然界山川萬物、人間世事民情來體現的。在唐詩的輝煌之後發展起來的宋代詩歌，成就也相當高，但最能表現此年代文學特殊成就的是詞。宋代優秀的詞家把這種長短句詩體運用到出神入化的地步，那或慷慨激昂、或委婉凄清的詞作，今天讀來仍有强烈的藝術感染力。可以説，唐詩宋詞是中國文學史上最有神采的篇章。

中國古代詩歌注重抒情、寫景，善於表現友情、親情、愛情、鄉情，以及其他複雜細微的個人情感。這形成中國詩歌又一個强大的傳統。在儒家思想影響下，中國詩歌幾乎從一開始就具有“發乎情，止乎禮義”的特點，情感的表達比較克制、内斂、含蓄，有别於西方的詩歌風格。與此同時，中國詩人們又强調“含不盡之意見於言外”，善於通過各種藝術手法傳達言外之意，給讀者以無窮的回味、想象空間。古代詩詞中的優秀之作往往寫得深情宛轉，富於形象性和音樂性，誦讀這些詩詞，可以受到多層次的藝術感染和美的熏陶。古典詩詞還善於表現自然之美及人與自然的融合。古人常説“詩中有畫，畫中有詩”，本書系中的每首作品，都配以當代畫家根據詩詞意境繪製的中國畫，通過欣賞這些詩、畫，可以更深刻地領悟到中國古代藝術作品中的詩情畫意，品味其藝術之美。

除了“詩情畫意”的特色外，本書系以各位詩人、詞人單獨成册，以更清楚地展示其不同的個性和藝術風格；各分册包括詩人小傳與作品賞析兩部分。對每篇作品的賞析，又分爲題解、句解、評解三個章節：題解交代創作背景；句解用現代語文對詩詞進行逐句意譯，對某些難懂的字詞作注釋；評解部分則提要鈎玄，對作品特色進行點評。我們的本意，首先是幫助讀者减少閱讀中的文字障礙，繼而是理解詩詞的思想内容、藝術特色和寫作技巧。

中國古代經典詩篇把漢語升華到至美至純的境界，足以使每個中國人感到自豪。這些作品是聯接所有炎黄子孫思想、情感的文化紐帶，無論身在國内，還是身在海外，優秀的詩歌對讀者的感召力都是相通的。一個喜愛祖國傳統文化的人，可能會不斷地接觸和學習祖先的這些遺産。久而久之，這些優秀文化中的一部分會積澱下來，構成每個人頭腦中一道美麗的藝術長廊，不斷給人以教益、激勵和藝術享受。我們期望，本書系所介紹的詩詞名篇能够成爲這道藝術長廊的組成部分。

本書系所介紹的詩人、詞人，都各有很多傳世名篇，限於篇幅，書中每人只選取了二三十首代表作品。限於編輯水平，書中會有種種不盡如人意之處，敬請讀者朋友提出寶貴意見。

目　录

李清照簡介

關於李清照直接而可信的記載，少之又少，甚至連她的原籍、生卒年等資料，也都欠缺。不過，對於原籍，現在基本上已達成共識，爲北宋齊州章丘綉江（今山東濟南章丘明水）。至於生卒年，雖有爭論，大緻可認定爲生於宋神宗元豐七年（1084），卒於宋高宗紹興二十五年（1155）。

李清照之父李格非，進士出身，在朝爲官，地位不算低，是學者兼文學家，曾以文章受知於蘇軾，爲“蘇門後四學士”之一。母王氏，相家女，也知書善文。官宦門第及政治活動的濡染，讓李清照見多識廣，眼界開闊；而詩書之家使她從小就受到文學藝術的熏陶，又讓她能更深切細微地感知生活，體驗美感。她纔思敏捷，博聞强記，工書能文，兼通音律，“自少年便有詩名，纔力華贍，逼近前輩”（王灼《碧鷄漫志》卷二）。

李清照的生活和創作經歷大緻可以建炎元年（1127）爲界分爲前後兩個時期。

大約在十五六歲時，李清照由原籍來到汴京（今河南開封）。建中靖國元年（1101），十八歲時，與吏部侍郎趙挺之幼子趙明誠結婚。明誠時年二十一歲，在太學讀書。趙家家世顯赫。趙明誠的祖父趙元卿平生酷愛金石刻，對幼年的趙明誠影響很深，後來他對金石亦有相當研究，所著《金石録》三十卷，考據精確，頗爲當時所推重，與歐陽修《集古録》並稱。

婚後，清照夫婦二人志趣相投，詩詞酬唱之餘，共同收集、校勘金石書畫。北宋時的汴京，在大相國寺中設有“瓦市”，每月定期舉行，市場上百物羅列，人來人往，熱鬧异常。據記載，每逢初一、十五，明誠便告假前往，每遇中意的名畫古董，便傾囊購置，有時甚至將衣物典押出去，間或捎些果品小吃，歸來後與清照共同品玩。

據《宋史・李格非傳》，李格非博學多纔，廉潔奉公，是一位俊邁出衆的人物。但在北宋末年新舊黨爭中，因站在蘇軾一邊而被誣爲“元祐奸黨”，相繼被外放、罷官，卒於故里。崇寧二年（1103），朝廷下詔禁止元祐黨人子弟居京，李清照可能因此别夫回原籍。至崇寧五年春，朝廷解除黨人之禁，李清照纔得以回京。

婚後不久，趙明誠開始出仕，曾任鴻臚少卿。大觀元年（1107），其父趙挺之被罷去相位，不久病死京都。死後三天，蔡京又大興陷獄，命開封府逮捕趙挺之在京的家屬親戚，誣陷趙挺之爲元祐黨人，後來終因查無實據，這場風波纔算平息。趙挺之死後，趙家隨即也遭受了政治上的災禍，趙明誠弟兄可能即因此而失官。本不喜混迹官場的明誠，便與李清照離京屏居青州（今屬山東）鄉里。

青州故第生活好似世外桃源。晉陶淵明曾寫《歸去來兮辭》，抒寫自己對於仕宦生涯的厭棄和歸隱田園的樂趣，其中有“審容膝之易安”，意謂歸隱後即使住在僅能容身的簡陋小屋里也非常舒適，易於安身。夫婦二人取淵明之意，爲書房取名“歸來堂”，稱清照内室爲“易安室”。清照亦自號“易安居士”。

清照夫婦屏居鄉里的時間長達十年以上，一直着意於收藏整理文物。他們將這些書畫碑文，分類歸册，每獲一書，即共同勘校，整集簽題，不僅正其僞謬，還品評高下。爲了收集整理金石文物，他們生活儉樸，節衣縮食，“食去重肉，衣去重采，首無明珠翡翠之飾，室無塗金刺綉之具”（《金石録後序》）。清照夫婦在整理古籍之餘，也常飲酒賞花，吟詩作對，生活充實而富有情趣。清照曾這樣描述道：“餘性偶强記，每飯罷，坐歸來堂，烹茶，指堆積書史，言某事在某書某卷第幾頁第幾行，以中否角勝負，爲飲茶先後。中即舉杯大笑，至茶傾覆懷中，反不得飲而起，甘心老是鄉矣。”

李清照三十一歲生日那天，明誠爲她的一張畫像題辭道：“清麗其詞，端莊其品，歸去來兮，真堪偕隱。”這十六個字，可以説是明誠對清照學識人品恰如其分的評價。十年時間，在清照和明誠的共同努力下，他們收集整理的金石刻辭達兩千種之多，收藏之富，遠近聞名。這段時間可謂清照一生中的黄金時代，也是這對學者夫婦最幸福的十年。此時李清照的筆下一無悲苦之作。

宣和三年（1121），趙明誠重新出仕，出守萊州（今屬山東）。東萊三年，雖然公務繁忙，應酬漸多，但清照夫婦幾乎把所有業餘時間和精力都用在《金石録》的研究撰寫上。

萊州任滿後，明誠改守淄州（今山東淄博），又授直秘閣。趙明誠的出仕，給夫妻琴瑟相合、寧静淡雅的美滿生活注入了一些離别相思的况味，李清照筆下一首首優美動人的相思怨别之作即由此產生。《一剪梅》《醉花陰》《鳳凰臺上憶吹簫》等都是這一時期的佳作。不過，他們别離的時間並不長，往往是明誠赴任不久，清照便跟隨前往，因而她這期間吟誦的離别相思之作多是哀而不傷，即便苦澀也帶着清透明朗，雖然嘆息但不失輕盈美好。

清照也許從來没有想到，真正的苦難還在後面。靖康元年(1126)，金兵攻克汴京。次年三月，金軍大肆搜掠後，驅擄徽、欽二帝和宗室、後妃、教坊樂工、技藝工匠等數千人，携文籍輿圖、寶器法物等北返，北宋亡，史稱“靖康之變”。五月，欽宗之弟趙構即位，改元建炎，史稱南宋。

汴京失陷消息傳來，夫婦倆急忙趕赴青州，急欲轉移十幾年苦心經營的書畫金石。豈料禍不單行，趙明誠遠在金陵（今南京）的母親亡故，趙趕緊南下奔喪。原來打算大批運送南方的器物，只好去其沉重纍贅者，從簡而行。明誠載書籍物品十五車，匆匆乘船南下。

建炎元年（1127）八月，趙明誠被南宋朝廷任命爲江寧（今南京）知府。這年秋天，青州兵變，兵荒馬亂中，清照慌忙中只携帶得一件蔡襄書寫的神妙帖逃出了青州城。建炎二年（1128）正月，金兵南下，攻陷青州，一把戰火，將清照夫婦數十年心血、十餘間屋的收藏統統化爲灰燼。清照懷着國破家亡之痛南下逃亡，歷經劫難，總算逃到丈夫身邊。此期，她極關心國家命運和當時的政治形勢，寫有“南來尚怯吴江冷，北狩應知易水寒”“南渡衣冠少王導，北來消息欠劉琨”等詩句，表達了對於南宋朝廷苟且偷安的極大不滿。

初到南方，她尚有雪天頂笠尋詩的雅興，但這短暫的寧静很快又被打破。

建炎三年（1129）二月，趙明誠被改任爲湖州知府。當時任命剛下，他還未動身赴任，不料城内發生兵變，叛軍夜半鼓噪而出。身爲地方長官的趙明誠没有身先士卒指揮戡亂，而是偷偷縋城逃走。事定之後，趙明誠被罷官。他帶上從青州第一次捎出的十五車金石書畫，直上蕪湖，準備由蕪湖再轉去江西贛水。

五月，明誠和清照剛到池陽（今安徽貴池），朝廷又命明誠知任湖州（今浙江吴興）。皇命甚急，趙明誠冒暑奔赴行在建康（今南京）領旨，辛勞過度，到建康後隨即病倒，又因用藥不慎，病勢轉危。清照聞訊，急急趕去，等趕到建康，他已病入膏肓。明誠自知病危難回，八月十八日，寫下遺詩，絶筆而終。清照悲痛欲絶，含淚作祭。恩愛夫妻，伉儷情深，從此永訣。

明誠死後，清照大病。豈知家痛未了，國難又至，金朝又興兵南下，建康形勢危在旦夕。九月，金兵攻陷山東萊州、密州，十二月又攻陷洪州，清照托妹夫捎往洪州的二萬二千卷書籍畫册，全部雲烟散盡。

洪州失陷，道路不通。在清照病體難支、無處投奔的時候，竟有人欲置清照於死地，謡傳她有通敵之嫌。明誠病重期間，有名爲張飛卿者，曾携一玉壺來請他鑒别，並想持此賣得高價。當時明誠指出它實珉非玉，退還其人。誰知此事竟被人造謡説是他們夫妻以玉壺投獻金人，賄賂通敵。這使得李清照大爲驚惶，她於是决定將家中所有的銅器等物品進獻朝廷，以求得洗刷和解脱。

建炎三年（1129）十月，金軍打到了長江沿岸，宋軍的沿江防綫很快崩潰，金兵一路燒殺擄掠，直奔杭州而來。這時的南宋小朝廷，惶惶如喪家之犬，宋高宗帶着一班臣僚逃難而去。就在這烽火連天、兵荒馬亂的日子里，清照緊隨高宗逃亡的路綫，輾轉追隨。趙構一行經越州（今紹興）、明州、奉化、寧海、臺州，一路逃下去，一直漂泊到海上，又過海到温州。李清照一孤寡婦人眼巴巴地追尋着國君遠去的方嚮，自己雇船、求人、投親靠友，苦苦地堅持着。此間書畫器皿，或被人乘亂劫去，或在兵亂中散佚丢失，只剩十之三四，清照縱然心中萬分疼惜，但亦無可奈何。最後總算在章安趕上御舟，找到弟弟李迒。她先是隨弟弟到衢州，第二年春，局勢進一步穩定了，纔又返回越州。這一年（1131）宋高宗改元紹興。

到越州後，清照寄居在當地一户姓鐘的人家。此時她已把所有的銅器投交朝廷，自己只留了幾竹簏書畫硯墨等物，而這僅存的什物竟被盗賊偷走大半，清照發覺後悲痛欲絶。

紹興二年（1132）正月，高宗返回杭州，暫時定都於此，改稱臨安。清照這時也來到了臨安。剛剛喘下一口氣，她又所遇非人，遭遇感情生活的痛苦。這一年，清照嫁與張汝舟。這個張汝舟，初一接觸也是個彬彬有禮的君子，但結婚之後很快就露出原形，原來他是巧言騙婚，想占有李清照身邊尚存的文物。這些東西清照視之如命。當張汝舟的要求不被滿足時，便百般折磨，欲置她於死地。

清照視人格比生命更珍貴，決定擺脱這小人。但在封建社會女人要離婚談何容易，無奈之中，李清照走上一條絶路，告發張汝舟的欺君之罪。原來，張汝舟曾將自己科舉考試作弊過關的事拿來誇耀。這當然是大逆不道。李清照知道，只有將張汝舟告倒治罪，自己纔能脱離這張羅網。但依宋朝法律，女人告丈夫，無論對錯輸贏，都要坐牢兩年。這場官司的結果是張汝舟被發配到柳州，李清照也隨之入獄。幸好負責審理此案的兵部侍郎翰林學士綦崇禮敬重清照的人格，並與趙家有親姻關係，經他營救，清照被拘押九天就放了出來。

在古代，一個女人，特别是像清照這樣的讀書女人的再婚又離婚，勢必引起社會輿論的極大歧視。在當時和事後一些記載李清照的史書中，都是一面肯定她的纔華，同時又無不以“不終晚節”“無檢操”“晚節流蕩無歸”記之。關於李清照再嫁之事，歷來有爭論，至今學者仍有不同看法，但從已有的資料來看，不少宋人都記載了清照改嫁一事，當屬可靠。

紹興三年（1132），趙明誠的二哥趙思誠試中書舍人來到杭州。清照多一親戚相依傍，生活較爲安定，心情也漸趨平静。她開始整理明誠的《金石録》，並爲之作序。

數年之内，連遭不幸，清照承受着巨大的精神重負，孤獨一身，各地漂泊，境况極其悲慘。此時，她已完全從位高名重的名門閨秀，淪落成與流民爲伍的閭里婦人。

關於李清照晚年的生活情况，缺乏資料記載，但我們相信，隨着時局的穩定，她的生活也漸趨平静。以後的幾十年中，她基本上一直居住在臨安。雖然不能獲知更多的情况，但從她的詞中，我們感受到了一種超越時空的孤獨。除了遭遇國難、情愁，就連想實現一個普通人的價值，竟也是這樣的難。漸入暮年的李清照無兒無女，守着一個孤清的小院落，身邊没有一個親人，國事已難問，家事怕再提，只有秋風掃着黄葉在門前盤旋，偶爾和一些詩朋畫侣來往。她像一葉孤舟在風浪中無助地飄摇。隨着親朋相繼離世，生活更加孤單，加之年老多病，無人照管，其心境之淒凉可想而知。

大約是紹興二十五年（1155）或之後，李清照悄然離世，享年當不少於七十二歲。

清照纔華卓著，詩詞文賦，各擅勝場。流傳至今的詩有十多首，收入《全宋詞》中的詞共四十八首，數量雖然不多，但幾乎每首都是精品。其中最能代表李清照的文學成就，並確定她在中國文學史上重要地位的是詞。

清照之詞，多以吟唱愛情、人生爲主。她早年愛情的幸福與離愁、後期的不幸與憔悴孤獨，都體現在詞作中。她的詞風，前期輕盈委婉；南渡後，一變而爲沉重哀傷。清照詞深具含蓄婉轉、輕靈細柔的女性之美。王國維在《人間詞話》中說：“詞之爲體，要眇宜修，能言詩之所不能言，而不能盡詩之所言，詩之境闊，詞之言長。”大意是説，詞具有柔婉輕靈、韻味悠長的抒情特性。清照身爲女性，天性所近。宋詞中不乏相思怨別之作，但多半是男性詞人的單戀或代擬女性相思，而清照之詞則是以女性的敏感細膩來表現女性的内心情感世界，格外真切動人。

清照擅長從景物和日常起居環境、行動細節中選擇表達情思的意象，往往用簡練平常、生活化的語言精確地傳達複雜微妙的情感流程。她善於將清新樸素與精美雅潔的風格相結合，語言口語化又有精心洗煉之功，既曲達情思，又巧合音律。無論是口語，還是書面語，一經她提煉熔鑄，就顯得别開生面，風韻天然，創作出一種清空如話、純潔無滓的佳詞。

清照詞的特殊魅力就在於它一如作者的人品，於怨艾纏綿之中有執著堅韌的陽剛之氣，雖爲説愁，實爲寫真情大志，所以纔耐得人百年千年地讀下去。鄭振鐸在《中國文學史》中評價説：“她是獨創一格的，她是獨立於一群詞人之中的。她不受别的詞人的什麼影響，别的詞人也似乎受不到她的影響。她是太高絶一時了，庸纔作家是絶不能追得上的。無數的詞人詩人，寫着無數的離情閨怨的詩詞；他們一大半是代女主人翁立言的，這一切的詩詞，在清照之前，直如糞土似的無可評價。”暫且不論其他詩人詞人如何，李清照的確是不愧爲婉約詞宗的。

如 夢 令

嘗記溪亭日暮，沉醉不知歸路。
興盡晚回舟，誤入藕花深處。
爭渡，爭渡，驚起一灘鷗鷺。

題解

“如夢令”作爲詞調，原名《憶仙姿》。蘇軾《如夢令》（水垢何曾相受）一詞註雲：“此曲本唐莊宗制，名《憶仙姿》，嫌其名不雅，故改爲《如夢令》。蓋莊宗作此詞，卒章雲‘如夢，如夢，和淚出門相送’，因取以爲名。”

現存李清照《如夢令》詞有兩首。這是一篇追憶舊游之作，記述了詞人的一個生活片斷。此詞風趣橫生，富有少女情韻，推測爲詞人的早年之作。那時，她家境優越，生活優裕，無憂無慮。

如夢令（嘗記溪亭日暮） 詞意圖　謝志高 繪

【句解】

嘗記溪亭日暮，沉醉不知歸路

“嘗記”，就是曾經記得，表明這是事情發生很久後的追憶。“溪亭”，有人認爲是地名，有人説就是溪邊的亭閣。詞人清楚地記得，當年的某一天，在溪亭那個地方，時近黄昏，遠山近水、樹木亭臺、游人歸鳥，一切的一切，都沐浴在金色的斜陽餘暉中；就在這融融暖意中，自己有些醉了，到了不知回家的路的程度。

一個女孩子，可以蕩舟出游，而且還能飲酒賞景，性情確實與衆不同。而那個讓她盡情忘我的地方，景緻也應該不錯。詞人雖没有具體寫出，但“日暮”一詞很自然地讓人想到夕陽無限好。“沉醉”則更是濃縮了很多内容，美好的景色、美妙的感受、愉悦的心情不言自明。它包含着兩方面意思：一是説詞人率真活潑，無拘無束，興之所至，飲酒酣樂，陶醉於自我的縱情張揚中；一是説她迷戀於自然美景，爲之陶醉。

從詞人的許多作品可看出，她有點任性，喜歡喝酒，而且往往喝醉。在生活舒適如意的時候，她視飲酒爲一種樂趣；在離愁别苦之際，她借酒消愁。這里，她是興緻勃勃、游興盎然的，她要在這愉快的游玩中盡情享受。“不知歸路”同樣有着兩層意思：一是詞人對迷人的景色流連忘返，没有想到要回去；二是真的有些醉了，以緻連回去的路都記不清了。

興盡晚回舟，誤入藕花深處

度過了一天歡樂時光，天色已經很晚，該回家了。詞人一行却迷了路。船兒越划越遠，路越來越不對，竟然駛入了荷花深處。“興盡”，言其溪亭之游，是那樣的快意，感覺没有什麽不滿足的。“深處”一詞，有很多的内容，既顯示水面之大，又可見荷花之多，更説明迷路之遠，歸舟之急。

爭渡，爭渡，驚起一灘鷗鷺

眼看夜色越來越重，自己還在荷花叢中打轉，不免有些着急，於是奮力揮槳，緊趕着划出去。結果，一番折騰驚動了沙灘上栖息的水鳥，它們撲楞着翅膀，驚飛四散。“鷗鷺”，並非實指，而是泛指水鳥。這一句極富情趣。本來萬籟俱寂而又空闊的水面，因一葉慌張的小舟而打破了寧静。此時，人是慌亂的，鳥也是慌亂的；人驚飛了鳥，反過來，鳥又讓人一驚。這一情景頗有些喜劇效果，當時未必覺得欣喜有趣，事後回想起來，總是讓人不禁會心一笑，終生難忘。

這一句連用兩個短促的“爭渡”，當然有詞牌的要求，但同時也更加突出了焦急的情態。關於“爭”字，有的註家釋作“怎”，雖可通，但和上下文的聯繫不够緊湊，也不大形象生動。而“爭渡”，有搶渡的意思，既顯示了心理的急切，又見出奮力的動作。只有這種舉動纔易引起後文的“驚起”，要是猶豫不决地在那里思考“怎渡”，是不容易“驚起一灘鷗鷺”的。

評解

這首詞描述了詞人年輕時的一個生活片斷，其情真，其興逸，帶着真趣和野味。以游興開始，中經溪亭沉醉，急切回舟，誤入藕花，最後驚起鷗鷺，動作和情緒起伏變化，富於節奏感，最後一切又都統一在美妙的自然境界中。詞人善於從各個角度抓住生活片斷的一瞬間，運用白描的手法，寥寥幾筆，便將瞬時的神情、瞬時的動作、瞬時的音容、瞬時的景色，繪聲繪色地勾勒出來，構成一幅極有情趣的生活畫面。

全詞不事雕琢，得自然之趣。叙事寫景交織成文，語言明白如話，讓人百讀不厭，回味不盡。從總體風格上來説，李清照的詞屬於婉約派，但這首詞景象開闊，情辭酣暢，頗有豪放氣，在古人的一些版本中，竟被説成是蘇軾、吕洞賓等人的手筆。故有評家説：“易安倜儻，有丈夫氣，乃閨閣中之蘇(軾)、辛(棄疾)，非秦(觀)、柳(永)也。”(沈曾植《菌閣瑣談》)

點絳唇

蹴罷秋千，起來慵整纖纖手。
露濃花瘦，薄汗輕衣透。

見有人來，襪剗金釵溜，和羞走。
倚門回首，却把青梅嗅。

題解

此詞描寫一個少女打秋千後活潑、頑皮的形象。清照少女時，很可能有此生活。不過也有人認爲不是她的作品。但從語言、風格等看，這首詞與清照早期的其它作品十分近似，所以更多人認爲是她所作。

點絳唇（蹴罷秋千） 詞意圖　謝志高 繪

【句解】

蹴罷秋千，起來慵整纖纖手

“蹴”，踏、踩，是説用脚蹬地，使人前後蕩起來。詞人没有描繪蕩秋千時的情景，却讓人想到這樣的畫面：少女緊抓繩索，脚不時蹬地，羅衣輕颺，輕盈似燕；蕩得高時，不時發出驚喜的叫聲。待到停下來時，頭髮有些亂了，鞋子有些髒了，衣裳也有些皺了，本該收拾整理一下；但因爲剛纔玩得盡興，忘了疲倦，兩手有些酸麻，也就懶得動彈，完全一副嬌弱慵懶的樣子。這就是“慵整”的含義。“纖纖手”，語出《古詩十九首》：“娥娥紅粉妝，纖纖出素手”，在形容雙手細嫩柔美的同時，點出人物的年紀和身份。

露濃花瘦，薄汗輕衣透

“露濃”，表明時間是早晨。“花瘦”，指花兒柔嫩。結合全詞來看，此時應該是春末初夏。清晨的花園里，露水很多，嬌嫩的花朵上，凝結、滚動着一顆顆晶瑩的露珠。這樣的早晨應該説還略有些涼意，可是由於蕩秋千時用力，少女的額上滲出了點點汗珠，輕薄的衣衫也濕透了。“輕衣”，大概是綢羅之類的衣裳。

這一句不僅巧妙地交待了蕩秋千的地點、時間和季節，而且還生動地描繪出了清晨花園里的景色。它與上一句構成詞的上片，以静寫動，以花襯人，生動形象地勾勒出少女蕩完秋千後的神態。

見有人來，襪剗金釵溜，和羞走

因爲有些倦意，就任由頭髮蓬鬆；被汗浸濕的衣衫也任其貼着苗條的腰身；爲了更放鬆，少女甚至連鞋也脱了。本想在這清静的花園里，一邊閑散地稍事休息，一邊欣賞“露濃花瘦”的景色。可她發現突然有人來了，心里着了慌，一時手足無措，竟然只穿着襪子就滿含嬌羞地小跑而去，也不管頭上的金釵掉落下來了。

“襪剗”，指來不及穿鞋子、僅僅穿着襪子走路。“金釵溜”，是説頭髮鬆散，金釵下滑墜地。“和羞”，含羞的意思。“走”，即小步跑。這一場景非常真實、生動，又極富生活情趣。不僅進一步寫出少女一任自然、嬌倦自適的情態，也把她倉促間的羞怯情態，以及躲避來人時的狼狽樣子描繪得活靈活現。

倚門回首，却把青梅嗅。

少女雖然避得倉皇，却没有照常理立即躲到屋里去，而是在園門口停下來。好奇的她，靠在門邊，回頭看去；可是又不好意思正面看，於是拉過一枝青梅來，裝作嗅嗅。這時的青梅，是没有味的，她只是借此掩飾一下，以便偷偷地看人幾眼：到底來的是什麼人呢?

詞的下片以動作寫心理。幾個動作層次分明、曲折多變，把少女驚詫、惶遽、含羞、好奇的心理活動，栩栩如生地刻畫出來。

評解

詞中描繪出來的少女形象，很招人喜愛，這樣的詞還是很少的。清照少女時，居歷城家中，父親是個學者，藏書很多，母親極富文學修養。天資聰慧的她，可能受唐人韓偓《偶見》詩的啓發而作此詞。當然，這也可説是她實際生活中的一個片斷。

韓偓在《偶見》詩中寫道："秋千打困解羅裙，指點醍醐酒一樽。見客入來和笑走，手搓梅子映中門。"詩意是説一位少女剛打秋千回來，疲倦了，就在家里把衣裳鬆開，並讓人給她拿杯乳酒來解渴。可正在這時，有客人來了，於是她一邊不好意思地笑着，一邊趕緊溜走，只在中門那兒留下手搓梅子的身影。

相比之下，"和笑走"略顯輕薄，"和羞走"則現嬌羞；"手搓梅子"表現了不安，"却把青梅嗅"描畫出矯飾之態；"映中門"似旁若無人，而"倚門"則有所期待，加以"回首"一筆，少女窺人之態如在眼前。

清照在《詞論》中主張"鋪叙"，即主張有情節。這首詞正是這樣。詞中一層一層地描繪出一個天真活潑、好奇敏感而又矜持的少女形象，使人既見外表情態，又見内心世界，並深受其情緒感染。

小重山

春到長門春草青，江梅些子破，未開勻。
碧雲籠碾玉成塵，留曉夢，驚破一甌春。

花影壓重門，疏簾鋪淡月，好黄昏。
二年三度負東君。
歸來也，著意過今春。

題解

《小重山》，又名《柳色新》等，多寫春景春情。

這首詞的寫作背景，有不同的説法。一説，此詞是清照得知丈夫將要回家時所作。李清照十八歲時嫁趙明誠，二十歲時趙出外任官，二十二歲時明誠授鴻臚少卿，回京師，中間整二年。一説，崇寧二年（1103），朝廷下詔禁止元祐黨人子弟居京，李清照因此别夫回原籍。至崇寧五年春，朝廷解除黨人之禁，李清照得以回京。

小重山（春到長門春草青） 詞意圖　蕭惠珠 繪

【句解】

春到長門春草青，江梅些子破，未開勻

“長門”，即長門宮，原是漢代的離宮。據《文選》司馬相如《長門賦序》，漢武帝時陳皇後曾經深得皇帝寵愛，後來被冷落了，就住在長門宮里。女主人公孤處家中，就如陳皇后獨處長門，但現在她並不感到凄清寂寞。看哪，春天來了，門前小草青青，是多麼地富有生氣！那些江梅，有少許已經綻開，更多的還含苞待放，没開得均勻。“些子”，即少許，一點兒。

梅是早春的標誌，雖然只是初綻，却讓人感覺到春天的來臨。青草、梅花，兩相映襯，色調尤其顯得鮮明。這一句充滿了生活氣息和春天的活力，詞人並不是單純在寫景，而是寄托着欣喜、期待之情。

碧雲籠碾玉成塵，留曉夢，驚破一甌春

景色是那樣的美好，心情也不錯，女主人公取出青綠的團茶，放到茶具內，細細地碾。團茶一點一點變成碎末，就像碧玉化作了塵。在煮茶的短暫空閑中，她回憶起拂曉時所作的夢。不知不覺中，一壺茶滚開了，她纔恍然驚醒。“碧雲”，指青綠色的團茶。宋人將茶製成茶餅，飲用時須碾成細末，然後煮飲。“籠”，即茶籠，貯茶之具。“一甌春”，可指好的酒，也可指好的茶，這里指茶。

我們知道，平淡的夢是不容易給人留下印象的。那麼，女主人公夢到了什麼？是少女時代無憂無慮的歡樂？是婚後夫婦間傾心愛慕、詩酒贈和的温馨？是與遠别的夫君相會？詞中没有明説，但既然叫人回味，讓人陶醉，應該是好夢。

花影壓重門，疏簾鋪淡月，好黄昏

天剛黄昏，月兒即來與人作伴。院子里種了許多花木，明月照來，花影摇曳多姿，掩映着多重屋門，别有風趣。淡淡的月光，鋪在稀疏的簾子上，一切都是那樣幽美而恬静。女主人公留連在花前月下，空氣中飄來縷縷幽香。她不禁心花怒放，好一個黄昏！

詞人淡淡幾筆，就勾畫出一幅生動的黄昏圖景。這里濃淡相間，光色相映，色澤極其清晰明麗。“壓”字很有分量，體現了花影之多，同時賦予花以意志。“鋪”字也很有功力，不僅寫出月華如水，而且很好地表現了淡而輕的特質。“花影壓重門，疏簾鋪淡月”是詞史上公認的名句，《疏簾淡月》後來還成爲詞牌名。

二年三度負東君

春光也罷，黃昏也好，如此良辰美景，一人獨對，終究有些落寞。想起夫婦分別的那年，没能一起賞春；第二年，依然人各一方；今年春天剛到，兩人還没團聚呢。春光是那樣迷人，即使一年一度辜負了它，也非常可惜，何況是“二年三度”！難道一個人就不能賞春嗎？只因爲夫婦别離，讓人黯然傷神，没了心情。“東君”，指太陽神，日出東方，故名。這里指春神。

歸來也，著意過今春

對這一句的理解有不同看法。是誰歸來？是詞人自己，還是她丈夫？是在呼喚，還是因得知歸來消息而感嘆？不管怎樣，夫妻倆就要團聚了，今年可要盡情地享受春天的快樂。既然曾經無可奈何地辜負過春光，現在一定要用心好好度過。在這里，詞人毫不掩飾地表白自己盼望丈夫相聚的心情，情真意切，溢於字詞。“著意”，即着意，也就是用心用意，盡情盡意。

評解

詞的上片由門前春色寫起，落筆到回味不盡的春思春夢。下片，詞人變換筆法，由蘊藉寄情到直抒胸臆，由日間明麗的紅梅青草，轉到渲染静夜的月色花影，着力於幽雅寧静的意境創造。因爲主人公心情愉悦，便覺得早晨好，黃昏也好，春草美，淡月也美。詞人在表達對春天的喜愛和珍惜中，抒發了盼望夫妻團聚共度美好時光的真摯感情。

這首詞寫景如畫，意境淡遠，以口頭語寫眼前景、心中情，只於淡筆素描中略加點染，便將朝暮之間如夢如痴的心緒，濃縮在不到六十字的短小篇幅之中。寫景、叙事、抒情水乳交融，寫得曲盡情緻，耐人尋味，有自然雋永之趣，足見李清照在抒情詞創作上詞心的靈鋭及其駕馭語言的功力。

如夢令

昨夜雨疏風驟，濃睡不消殘酒。
試問捲簾人，却道海棠依舊。
知否，知否？應是緑肥紅瘦。

題解

這是詞人前期的作品，表達了惜花傷感的情懷。過去好些選本都加有詞題，如“春晚”“暮春”“春容”“春景”“春曉”等，但都没能完全反映詞的原意。

如夢令（昨夜雨疏風驟） 詞意圖　謝志高 繪

【句解】

昨夜雨疏風驟，濃睡不消殘酒

大概是在一個暮春的夜晚，雨疏疏落落，似乎不大，但風吹得很急。不知什麼原因，主人公喝了酒，而且可能喝得不少。帶着醉意，她一夜睡得很沉，清早醒來時，酒意還没全消呢。

也有人解釋説，當此芳春，名花正好，偏那風雨就來逼迫了，心緒如潮，不得入睡，只有借酒消愁。酒喝得多了，覺也睡得濃了。結果一覺醒來，天已大亮。

開頭淡淡的兩句，不僅點染了環境氣氛，寫出了人物情態與複雜的内心活動，同時也自然地引出下文。

試問捲簾人，却道海棠依舊

"捲簾人"，指侍女。儘管因酒醉而濃睡，但"昨夜雨疏風驟"的景象，仍然歷歷在目，讓她有些不安。所以一早醒來，便嚮侍女詢問。究竟問些什麽？没有寫出來，只有侍女的回答：海棠還是原來那樣。詞人只寫"答"，而"問"已自見。這樣的藝術處理，頗見功力，既精簡了文字，適應小令詞篇幅短小的要求，也使文章顯得奇特不凡。

這短短兩句，把主、僕二人的内心、性格與情態寫得十分傳神。一個"試問"，顯出女主人問得那麽關切、那麽認真，一種憐花惜香、惴惴不安的情態，躍然紙上。而侍女也許是因爲年幼，也許根本無意關心花事，自然很難體貼女主人那份婉曲的心事。一個"却道"，顯示出侍女信口便答的情態，也表明女主人的不滿。"夜來風雨聲，花落知多少"，在女主人看來，海棠是不可能"依舊"的。真是問者有心，答者無意。一個是愛花惜春，心緒不寧；一個是爛漫無知，漫不經心。兩相映襯，便把心境各异的主、僕二人的形象繪聲繪色地展現出來。

知否，知否？應是緑肥紅瘦

這口氣非常急促，其中有糾正，有責備，也有感傷。她還没親自察看花情，憑着自己的經驗，就急切地説：你知道嗎？你知道嗎？海棠不是依舊，應該是緑葉多，紅花稀少了。"緑"，指葉；"紅"，指花。因爲雨的滋潤，葉子顯得更加茂盛肥嫩，而花却禁不起一夜的風雨，必然凋零了不少。詞人采用擬人化的修辭手法，用"肥""瘦"來描摹風雨後葉與花的不同形貌和意態，既生動逼真，又十分富於形象美。"緑肥紅瘦"是歷來爲人稱道的名句，王士禛《花草蒙拾》

雲；“人工天巧，可稱絶唱。”

“知否”兩個短句的叠用，自然是詞牌所定，但詞家一嚮認爲此詞要安頓二叠語最難，卓人月《古今詞統》認爲，他人的叠語“便不渾成”，惟有李清照“口氣宛然”。

評解

這首小令篇幅不長，却含意深永、委婉含蓄、曲折動人。全詞字面上並没有寫惜花傷感之事，但又處處滲透着這種感情。主、僕二人的對話，更是波瀾起伏、極盡傳神之妙，深得詞家好評。明蔣一葵説：“當時文士莫不擊節稱賞，未有能道之者。”

唐韓偓有一首《懶起》詩，也是寫風雨之後的海棠的。韓詩説：“昨夜三更雨，臨明一陣寒。海棠花在否？側卧捲簾看。”正如詩題所説，詩人是側卧懶起看海棠，神態悠閑，却有些置身事外，不大動情，采取自問自答方式，語言平淡，没有多少韻味。兩相比較，清照此詞表現得含而不露、凄婉動人，無論是命意遣辭，還是格調情緻，都高出不少。

蝶戀花

晚止昌樂館寄姊妹

淚濕羅衣脂粉滿，四疊陽關，唱到千千遍。
人道山長山又斷，蕭蕭微雨聞孤館。

惜別傷離方寸亂，忘了臨行，酒琖深和淺。
好把音書憑過雁，東萊不似蓬萊遠。

題解

趙明誠曾出守山東萊州。這首詞，舊説認爲是清照送趙明誠赴萊州時所作。但近人發現，元人選本《事文類聚翰墨大全》所載詞題爲《晚止昌樂館寄姊妹》，這樣看來，舊説難以成立。李清照是於宣和三年（1121）八月到萊州去的，昌樂是從青州去萊州的必經之地，這首詞當是她從青州去萊州途中住在昌樂縣館驛時所作。詞中所寫的是她和姐妹臨別時難捨難分的情景，以及别後在旅途中的孤寂心情。

蝶戀花（泪濕羅衣脂粉滿）詞意圖 廖松崗 繪

【句解】

淚濕羅衣脂粉滿，四疊陽關，唱到千千遍

這是詞人的回憶：與姐妹們分手時，大家淚流滿面，淚水不僅打濕了羅衣，還和着臉上的脂粉，弄得衣服上到處都是；雖然送別的《陽關曲》唱了一遍又一遍，但大家仍然是依依難捨，不忍離去。

臨別傷感，是常有的事。這一情景則更多地具有女性色彩。“脂粉滿”，可見淚流之多，説明悲傷難過的程度。儘管臉上一道道的淚痕，衣服也被弄髒了，但她們全然不顧，這都是真情的自然流露。

臨別的話兒不知説了有多少，又化爲淺吟低唱。“陽關”，曲調名，唐代王維作有《送元二使安西》一詩：“渭城朝雨浥輕塵，客捨青青柳色新。勸君更盡一杯酒，西出陽關無故人。”後譜樂，成爲送別名曲，一般稱《陽關三疊》。據蘇軾《論三疊歌法》，除第一句外，其他三句均唱兩疊，故謂“三疊”，但詞人這里説“四疊”，人們或以爲是清照弄錯了，或以爲是她爲表現對姐妹的深情而故意多唱一疊。

此詞開門見山、直抒胸臆，先是使人感到突兀，繼而爲之感嘆，留戀之情因而顯得格外强烈深沉。

人道山長山又斷，蕭蕭微雨聞孤館

儘管依依不捨，終究還是分手離別了。踏上旅途後，情况又怎樣呢?“山長”，是説路途遥遠；“山又斷”，是説中間多有阻隔。後一個“山”字，有些版本作“水”。古代多用山水喻離情别意。詞人的言外之意是説，因爲山水阻隔，難於見面了。它和《古詩十九首》中的“道路阻且長，會面安可知”含意相類似，藴含着詞人對姐妹們的深摯情意和思念之情。

與姐妹們分别後，詞人猶如孤雁離群。而今身在异鄉，寄宿在館驛中，無言的孤寂纏繞心頭。而這時候，天上偏偏又下起了蕭蕭細雨，伴着沉沉的夜色，將人包圍着。她百無聊賴地聽着，一點一滴似乎都敲在心間，無情地撩撥着離愁别緒。這就更加重了冷凄的氣氛，增添了離人的思念之情。

詞人很善於選擇各種有特征的景物來抒寫她的心境。如“孤館”，並不一定實説館驛孤遠，而是人心之孤；又如“微雨”，其聲能聞，既是静寂所緻，又是多愁善感所察。從上面的兩句，我們似乎看到詞人回望來時路的悵惘心情以及聽雨落寞的樣子。

惜别傷離方寸亂，忘了臨行，酒琖深和淺

因爲思念深，所以又沉入臨别情景的回味：由於惜别傷離，心緒茫然，姐妹們在餞行敬酒時，自己只管一飲而盡，至於那杯中酒是深是淺，都全不知道了。這大概是人在失神意亂時所流露出來的下意識的動作情狀。的確，置身其間，感受到的只是濃濃的人情，半杯也好，滿杯也罷，不都一樣斟滿了深情嗎？這道出了千萬惜别傷離者的情狀。

好把音書憑過雁，東萊不似蓬萊遠

詞人並没有一味地追憶臨别傷心事，也没有一味地哀傷，最後囑咐姐妹説：你們要將音訊讓過往的大雁捎來，以慰我心，東萊畢竟不像蓬萊那樣遥遠。這一句，是詞人用以自慰，也用以慰人。愁緒稍開，詞情爲之一變，給人留下淡淡的快慰。

“東萊”，指萊州。“蓬萊”，海中仙山名。“好把”二字很有分量，表達了詞人盼望姐妹來音的殷切心情。“好”，有多多的意思。有些版本，作“若有”，就失去那種含義了。“把”，將。“憑”，托付。

在古典詩詞中，寫到鴻雁傳書的，並不鮮見。據《漢書·蘇武傳》，漢武帝天漢元年（公元前100），蘇武出使匈奴，被長期扣留。後來，漢朝派使者要求匈奴釋放蘇武，匈奴單于却謊稱蘇武已死。與蘇武一同出使匈奴的常惠秘密地見到了漢使者，告訴蘇武並没有死，並讓他對單于説：漢天子在上林苑打獵，射到一隻鴻雁，雁足上繫着一塊帛書，上面説蘇武在一大澤中。最後，匈奴單于不得不將蘇武放歸漢朝。這就是雁足傳書的故事。後來，鴻雁也就成了郵使的美稱。

評解

這首詞先寫臨别悲傷、孤館寂寞，後憶臨别時的紛亂心情，最後期盼姐妹來信，以慰思念情懷。詞的開頭突然破筆，收篇寫意深遠，餘味深厚。詞人以淺近質樸的語言、白描的手法，對具有典型性的一兩個情態稍加描繪，便把内心世界真切生動地展現出來。語意深沉，低回婉轉，情真意切，感人至深。

鳳凰臺上憶吹簫

香冷金猊，被翻紅浪，起來慵自梳頭。
任寶奩塵滿，日上簾鈎。
生怕離懷別苦，多少事，欲説還休。
新來瘦，非干病酒，不是悲秋。

休休！這回去也，千萬遍陽關，也則難留。
念武陵人遠，烟鎖秦樓。
惟有樓前流水，應念我，終日凝眸。
凝眸處，從今又添，一段新愁。

題解

這首詞是李清照離情詞中的名作。從其《〈金石録〉後序》中可知，他們夫婦之間感情極好，志趣投契。總的説來，二人聚多離少，但趙明誠奔走於宦途，二人不免時有别離之苦。即使是一次短暫的分别，也會在多愁善感的詞人心中蕩起波瀾。此詞即寫於“屏居鄉里十年”生活結束，趙明誠重返仕途之際。一説認爲是寫臨别心神，也就是寫詞人在丈夫遠行前夕難以爲别的心情，以及對别後孤寂情狀的擬想。一説則認爲是别離後所作。這里取後説。

鳳凰臺上憶吹簫（香冷金猊） 詞意圖 劉旦宅 繪

句解

香冷金猊，被翻紅浪，起來慵自梳頭

“金猊”，是獅子形狀的金屬香爐。“香冷”，是其中焚燒的香，因爲没有繼續添，已經熄滅很久了，屋子里也冷冷清清的。言外之意是説無心添香。“被翻紅浪”，是説錦被没有叠，胡亂地堆在床上，恍似捲起層層波浪。起床後，本該梳洗打扮，她却任髻鬟蓬鬆。古代婦女是很講究梳妝的，此刻連頭也不想梳，其心情不佳，可想而知。

任寶奩塵滿，日上簾鈎

“奩”，鏡匣；“寶奩”，言其精美。由於懶得梳頭，所以鏡奩也就任它落滿灰塵，不想拂拭。“塵滿”，説明這種難堪的愁懷，已不止一天，並且有與日俱增之意。“簾鈎”，在簾的上部。太陽照到簾鈎上，説明時間已不早了。旭日初昇，本來是令人精神振奮的景象，可是主人公依然是没情没緒、無精打采。

爐冷却，紅被翻，頭不梳，奩未拂，日已高，都是以物寄情，説明主人公心煩意亂，一腔愁懷。不過，詞人不予明説，而是讓讀者自己去體會。那麼，她究竟所爲何事？

生怕離懷彆苦，多少事，欲説還休

這兩句揭示了主人公的内心活動，是全詞的主題所在。原來，她最怕夫妻離别，别後那難以忍受的相思之苦，時常煎熬着自己。本來有許許多多的心事，想要傾訴，可是心扉稍開，又陡然緊閉，話到嘴邊，還是忍住了。這種吞吞吐吐、欲言又止的情態，説明女主人公複雜的心緒，在自我克制中，隱藏着許多曲折、苦惱。同時，離情帶來的哀愁與痛苦，使自己心亂如麻，實在也不好用語言表達。

新來瘦，非干病酒，不是悲秋

“病酒”，因酒而病。“悲秋”，爲秋而悲。女主人公近來消瘦了，但都與這些無關。究竟爲什麼？這是承上文“生怕離懷别苦”兩句的意思而來的，是由於相思之苦，一天重於一天，纔使人消瘦了。正如《草堂詩餘雋》卷二吴從先眉批説：“非病酒，不悲秋，都爲苦别瘦。”

詞人不明説，筆法婉轉曲折，含蘊有味，餘韻不盡。這樣寫來，不僅使感情顯得更加深沉真摯，而且也使詞情跌宕生姿，同時還呼應了前文“欲説還休”的情態。

休休！這回去也，千万遍阳關，也則難留

“休休”，是絶望的語氣，用叠字加重語氣，相當於“罷了，罷了”。“這回去也”，表明與丈夫分離已不止一次。女主人公想極力挽留丈夫，然而行者去意已决，縱使唱上千萬遍《陽關》，也難以挽留。“陽關”，即《陽關曲》，唐代以此爲送别曲。

念武陵人遠，烟鎖秦樓

武陵，今湖南常德縣。東晋詩人陶淵明《桃花源記》中説，武陵漁人沿桃花溪泛舟，發現世外桃源，出來後想再次尋訪，却因迷路終不可行。又，南朝宋劉義慶《幽明録》載，東漢浙江剡縣人劉晨、阮肇到天臺山采藥迷路，被兩位仙女邀至家中，結成夫婦，後兩人思家求歸，别仙女而去。後人常把兩則故事加以糅合，稱仙境爲桃源，稱遇仙女的劉、阮爲武陵人。詞人用此典故，大概是説丈夫遠去，不知何日纔能回來相見。

有人認爲，《桃花源記》中的“武陵人”每每喻指隱居者、居仙境者、居樂土者。本來武陵與天臺山，一在湖南，一在浙江，兩不相涉。但或者由於《桃花源記》與桃花有關，而桃花在中國文化中常常隱含性的意味，故唐宋詩詞中常把劉晨、阮肇共入天臺山遇仙女的故事與“武陵人”的故事雜糅在一起，這樣“武陵人”就增添了一份性的色彩，從而成爲外遇者的代名詞。當代學人陳祖美在《李清照評傳》中説：“李清照的‘念武陵人遠’的寓意，説白了就是擔心趙明誠有‘天臺’、崔護之遇，也就是類似於今天所説的外遇或‘桃花運’”。聊備一説。

丈夫已離家遠去，而自己却孤獨地留在烟霧籠罩着的妝樓里，往日兩情繾綣、笑語相偎之地，如今却瀰漫3着愁烟怨霧。一去一留，包含着兩地相思，兩地愁。“烟鎖”，字面上是説烟霧籠罩，暗淡無光，實則是説離情别恨纏繞心間，不得解脱。“秦樓”，相傳是春秋時秦穆公的女兒弄玉的鳳樓，這里借指主人公的居所。據劉嚮《列女傳》，弄玉同善吹簫的青年蕭史結婚，蕭史教弄玉吹簫作鳳鳴，引來許多鳳凰，後夫妻乘鳳昇天。

惟有樓前流水，應念我，終日凝眸

人已遠去，主人公思念不已，常常一個人登上樓，呆呆地凝視着遠方。這别後的孤寂、相思的深情，有誰知道呢？恐怕只有那樓前整日爲伴的流水了。“凝眸”，就是全神貫注地看。流水本無知無情，與人無關，但詞人將其人格化，不明説自己如何痴情，却説流水都對自己憐惜有加。這是寄情於水，借水言情，比平鋪直陳遠爲巧妙深婉。

凝眸處，從今又添，一段新愁

那凝神注視的地方，從今以後，又添上一段新愁。爲什麼説是“新愁”呢？因爲離别之後，其愁與日俱增，無從排遣。以此作結，言已盡而意綿綿，具有不盡之味。

評解

全詞以女性特有的含蓄曲折的文筆，抒寫深婉細膩的感情。詞一開頭便寫慵懶之情，却不道出原由；分明因離别而憔悴，却又旁敲側擊，只説與病酒、悲秋無關；心中雖有千言萬語，却欲説還休；别後種種心迹，也不説出來，只推與流水；對“新瘦”“新愁”也都不直接説出來。李清照不愧爲婉約派大家，深得“婉”字之妙，將自己一腔“離懷别苦”表達得如此深沉含蓄、真切感人。

詞的沉摯、曲折、用典，容易導嚮繁密晦澀。這首詞却語言平易，自然流暢，總體上未脱清照“以淺俗之語，發清新之思”的格調。

念奴嬌

蕭條庭院，又斜風細雨，重門須閉。
寵柳嬌花寒食近，種種惱人天氣。
險韻詩成，扶頭酒醒，别是閑滋味。
征鴻過盡，萬千心事難寄。

樓上幾日春寒，簾垂四面，玉闌干慵倚。
被冷香消新夢覺，不許愁人不起。
清露晨流，新桐初引，多少游春意。
日高烟斂，更看今日晴未。

題解

這首詞是李清照前期代表作之一。詞的標題因版本不同略有差异，或作“春情”，或作“春思”，或作“春恨”。全詞通過描寫春天的景物及人物的心情，表達了深沉的離情别緒。

念奴嬌（蕭條庭院） 詞意圖　蕭惠珠 繪

清照夫婦在青州居住了十年之久，生活充實而富有情趣。二人在“歸來堂”中猜書、鬥茶，花前月下夫婦相從賦詩，共治金石之學，人稱趙、李“夫婦擅朋友之勝”，所指主要是這段光景。此後，趙明誠重返仕途，李清照一度獨處青州鄉下。這首詞即作於此時。

【句解】

蕭條庭院，又斜風細雨，重門須閉

“蕭條”，是了無意趣的孤寂感覺。丈夫在外做官，自己獨處家中，庭院里冷冷清清。又趕上瀟瀟細雨、微微斜風，更給人黯淡冷瑟之感，於是將一道道的門都關上。這樣的環境氣氛，無疑加重了詞人的煩惱與愁悶。“重門須閉”，道出了人被困住的無奈與寂寞。

寵柳嬌花寒食近，種種惱人天氣

“寵柳嬌花”四字，清麗自然，新穎奇俊，一嚮受到評論家的稱讚。被愛曰“寵”，可愛曰“嬌”。柳青了，受人寵；花開了，如少女多嬌；寒食近了，該去欣賞花紅柳緑。古代以清明前一日或二日爲寒食節。這正是春光明媚、游春踏青的好時節。可是老天偏偏不從人願，又是斜風，又是細雨，不僅讓人無法成行，而且讓人擔心：百花是否應期而放？草木是否如約而青？它們是否柔弱不堪，難禁風雨？這種天氣實在令人可惱！

春風春雨，往往給人帶來欣慰，因爲它們預示着滿園春色的來臨。杜甫在《春夜喜雨》中說：“好雨知時節，當春乃發生。”對於同一景物，不同的人或者同一個人在不同的心境中，都會有着截然不同的感受。詞人之所以說“惱人”，正表明她心緒不佳，因而覺得庭院蕭條，斜風細雨可惱。此正所謂“以我觀物，故物皆著我之色彩”。

险韻诗成，扶头酒醒，别是閑滋味

這樣寂寞冷落的環境、惱人的天氣，如何排遣呢？賦詩、飲酒，是文人們慣常的方式，詞人也是這麼做的。她不但做詩，而且做的是“險韻詩”，即用生疏冷僻、難押的字做韻脚，這得花費更多的心思和時間。她不但喝酒，而且喝的是“扶頭酒”。這種酒容易使人醉，可能因人醉後扶頭之態而得名。杜牧《醉題五絕》詩曾言：“醉頭扶不起，三丈日還高。”賀鑄《南鄉子》說：“易醉扶頭酒，難逢敵手棋。”

詞人之所以要寫“險韻詩”，無非是想使精神另有寄托；之所以要喝“扶頭酒”，無非是想使精神易於麻醉，以求得一時的解脱。然而，詩終究有成時，酒也終究有醒時，詩成酒醒後，她仍然覺得空蕩蕩的，仍然是排遣無方。所謂“閑滋味”，就是一種百無聊賴、無可奈何的情緒。歸根到底，還是由於詞人有一件没有説出來的心事。

征鴻過盡，萬千心事難寄

“征鴻”，即飛雁。古代傳説，鴻雁可以傳書。經過以上一番鋪叙，這里纔把離情别緒正面提出。然而纔一提到，便又放過，心愛的人在遠方，即使高飛遠行的大雁可以傳書，又怎能慰解自己的相思之苦、離愁别恨？重重心事，關它不住，遣它不成，寄也無方，最後還是把它埋藏心底。詞人那悵惘、複雜的心情真是“多少事，欲説還休”。

樓上幾日春寒，簾垂四面，玉闌干慵倚

樓上這幾天來春寒很重，四面的簾幕都放了下來；那精美的闌干也懶得去憑依眺望了。“簾垂四面”，是“重門須閉”的進一步發展，既關上重門，又垂下簾幕，則小樓之幽閉，樓中人情懷之索寞，亦不言而喻了。“玉闌干”，是闌杆的美稱，言其裝飾精美。倚闌是盼望與丈夫相聚，爲什麽“慵倚”呢？因爲不見伊人，令人愁腸欲斷。這和萬俟詠《昭君怨》的“莫把闌杆頻倚，一望幾重烟水”含意相同，同是寫閨婦思夫之苦而不願倚闌，以免增加内心的痛苦。看似無情，實則情深愁重。

被冷香消新夢覺，不許愁人不起

被子冷了，香爐中的香燒完了，夢也醒了，自己孤零零地躺在床上，離愁别恨在心中侵擾，不由得人不起床。明人李攀龍説：“心事托之新夢，言有寄而情無方，玩之自有意味。”“被冷香消”，丈夫走了，好景不再，只覺得一切都冷冷清清。“不許”兩字也頗婉妙，多少無可奈何的情緒包含其中。

清露晨流，新桐初引，多少游春意

清晨，惱人的綿綿風雨已過，晶瑩清澈的露珠兒在樹葉上、花心里、草尖上聚集着，滚動着。那曾經寂寞蕭索的梧桐，好像一下子蘇醒過來，開始長出嫩芽。雨後的花草樹木生意盎然，到處都是萬物欣欣嚮榮的清新景象。這樣的大好春光，令人神往不已，生出多少游春賞景之意。

從這里到篇終，總算有了春的氣息，詞人的心情似乎開朗了些，不過仍然含有辛酸滋味。春色雖然惹人，畢竟一人獨對，在那“多少游春意”的語氣中，無疑是帶有點勉强的味道。“清露晨流，新桐初引”兩句，是從劉義慶《世説新語・賞譽》中引用而來，但用得非常貼切，頗得詞家好評。

日高烟斂，更看今日晴未

詞人似乎被這久違的春色迷住了，站在那里凝神静觀。只見太陽徐徐高昇，清晨的烟霧慢慢消散，陽光不時透過雲層，灑滿清新的庭院。但是，她還想拭目以待，要看看今天是不是真的晴起來。話説得委婉含蓄而耐人尋味，天氣分明已經轉晴，却仍有些不安，實際上是她的心情還没有真正燦爛起來。結尾更有不盡之意：不晴怎樣，晴又怎樣？她是要去游春，還是依舊庭院獨坐？她的離愁别恨是減輕些了，還是依舊那麼沉重？

評解

這首詞寫詞人在春日里的寂寞心緒、對丈夫的深切思念和期盼擺脱凄苦處境的曲婉情懷。詞人借日常情態，顯示内在心理情緒，時有波瀾起伏。其結尾不是就着上文的“愁”一氣寫完，而是出人意料地調轉筆鋒，蕩出一層新意，使詞意忽悲忽喜，乍近乍遠，委婉曲折。

這首詞在藝術手法上體現了李詞一貫的婉約風格，一懷愁緒，盡在半含半吐之中。詞人以清新明快的語言，通過對環境氣氛的渲染，從極微細處傳出自己深微曲折的複雜感情，情真辭切，感人至深。文心之細，人不易學。

醉花陰

薄霧濃雲愁永晝，瑞腦銷金獸。
佳節又重陽，玉枕紗櫥，半夜凉初透。

東籬把酒黄昏後，有暗香盈袖。
莫道不銷魂，簾捲西風，人比黄花瘦。

題解

這首詞是李清照的前期作品，在有的版本中題爲《重陽》，或題作《九日》。李清照婚後不久，便與丈夫兩地分居。時届重九，思念之情尤其强烈，便寫了這首詞寄給趙明誠。

醉花陰（薄霧濃雲愁永晝） 詞意圖 劉旦宅 繪

【句 解】

薄霧濃雲愁永晝，瑞腦銷金獸

“薄霧濃雲”，是説天空中霧氣蒙蒙、濃雲蔽日。這既是寫實，又是主人公情緒的寫照。她的愁思如雲似霧，彷彿自心間瀰漫到了空中。在這壓抑沉鬱的氣氛中，她覺得日子是那樣的難熬。“永晝”，指白天漫長。時間對於不同的心境，分別具有相對的意義。一般來説，人們在歡樂中總覺得時間流逝太快，在愁苦中則覺得緩慢難挨。主人公呆坐在屋子里，看着香爐里燃燒的瑞腦，似乎借此消磨時光，驅遣愁懷。然而，瑞腦一點一點地消融了，自己的愁思却不絶如縷。“瑞腦”，即龍腦，今名冰片，是一種香料。“金獸”，指鑄成獸形的銅香爐。

這里，詞人十分巧妙地勾勒出沉悶憂鬱的環境，襯托出主人公惆悵苦悶、無可奈何的心情。上句是寫客觀環境引起人的愁思，下句則寫人在愁思中對客觀景物的感受。物態人情，兩相映襯，使愁越發顯得“剪不斷，理還亂”。

佳節又重陽，玉枕紗櫥，半夜涼初透

這樣的離愁别恨，看來已有些時日了，至少應該一年多了吧。“又”字，表明獨過佳節已非一回。“每逢佳節倍思親”，晚上，她簡直無法入睡。一個人頭靠玉枕，躺在紗櫥—避蚊的紗帳中，到半夜時感覺有些涼了。“涼”字很有意味，不僅僅是指氣候的涼，更是説主人公内心的孤寂凄涼。這是“永晝”之愁的延續，在夜深人静時變得更深更濃。

以上寥寥數句，把主人公心事重重的愁態描摹出來。她走出室外，天氣不好；在室内又悶得慌；白天不好過，黑夜更難挨；坐不住，睡不寧，真是難以將息。

東籬把酒黄昏後，有暗香盈袖

“東籬”，是菊圃的代稱，語出陶淵明《飲酒》詩：“采菊東籬下，悠然見南山。”登高、佩茱萸、飲菊酒，是重陽節的習俗。黄昏時分，主人公舉杯嚮菊，似乎頗有閑情逸緻，其實心中無限辛酸。離愁是最不好排遣的情緒，黄昏是最難將息的時刻。“把酒黄昏後”，無非是想借酒排遣離愁，聊以驅除由來已久的孤獨。

《古詩十九首·庭中有奇樹》曰：“攀條折其榮，將以遺所思。馨香盈懷袖，路遠莫緻之。”講的是折花贈遠以表達懷人之思。重陽是菊花節，當主人公對菊

獨酌時，菊花的幽香不時飄來，染滿衣袖。只可惜菊花再美再香，也無法送給遠方的親人。“有暗香盈袖”，即隱含着佳節思親的情緒。

莫道不銷魂，簾捲西風，人比黄花瘦

重陽佳節、良辰美景、賞菊飲酒，在外人看來，是頗有些情趣的，主人公的心情應該不錯。然而，個中滋味，惟親歷者自知，故説“莫道不消魂”，即不要説我不憂愁痛苦。你看，秋風捲起簾子時，我人比菊花還消瘦！“簾捲西風”，是“西風捲簾”的倒文，指凄清寂寥的深秋景象。“黄花”，即菊花。菊花淡泊清華，是高潔雅士的象征，用以喻人，其人亦自不凡。深秋到了，冷風寒意日甚一日，看菊花在風中摇曳無助的樣子，真不免讓人憐惜。而人竟比黄花還要瘦，其蕭索落寞、愁苦不堪之情可以想見。詞人手法含蓄，不直接説破自己的情，而情却愈深。

評解

這首詞通過重陽獨處、黄昏把酒、對菊黯然等場景，抒寫佳節懷人的情思。就題材而言，並無新的開掘，但情感真摯，意象生動，風格含蓄委婉，人謂之“無一字不秀雅”，“令人再三吟咀而有餘味”。

據《琅嬛記》記載，李清照寫好這首詞後，把它寄給丈夫趙明誠，趙看了讚嘆不已，也想寫出幾篇與之媲美，於是謝絶賓客，將自己關在書房里，三天後，共寫了五十首。他將李清照的那首混入其中，請朋友陸德夫品評。陸看了又看，最後説“只三句絶佳”，那便是“莫道不銷魂，簾捲西風，人比黄花瘦”。這則故事可能是好事者所編，不必當真，不過它説明這首詞確實獨具魅力，非大家不能作。

添字醜奴儿

窗前誰種芭蕉樹，陰滿中庭。
陰滿中庭，葉葉心心，舒展有餘情。

傷心枕上三更雨，點滴霖霪。
點滴霖霪，愁損北人，不慣起來聽。

題解

《添字醜奴兒》，一作《添字采桑子》，二者同調异名。

這首詞是李清照南渡後所作。詞人借寫芭蕉，抒發了流落异鄉、懷念故土的情懷。

添字丑奴兒（窗前誰種芭蕉樹）詞意圖　謝志高 繪

【句解】

窗前誰種芭蕉樹，陰滿中庭

芭蕉原産亞洲東南部和中國南部，高者可達六七米；蕉葉舒展碩大，葉色嫩緑可愛。“扶疏似樹，質則非木，高舒垂蔭”，是前人對芭蕉的形、質、姿的形象描繪。很多人家喜歡在房前屋後種 上幾株，炎夏中緑蔭如蓋，闊朗雅緻，給人清新凉爽之感。

大概是在一個夏天吧，正是芭蕉長得最茂盛的時候。詞人臨窗而望，看見院子里幾棵鬱鬱葱葱的芭蕉樹，葉子又長又大，一片濃蔭，遮蓋了整個院落。看它們高大的樣子，想必有些年頭了，只不知是誰哪年哪月栽種。

南方的花草樹木，對於在北方生長的人來説，是有些新鮮感的。詞一開頭就寫出主人公對南方風物的獨特感受，並間接交待了背景。芭蕉樹生長在南國，説明這里已不是詞人生活的北方。問“誰種”，表明詞人不是這個庭院的主人，或是半途購置，或是臨時租借。

陰滿中庭，葉葉心心，舒展有餘情

闊大的蕉葉，似巨掌，似緑扇，一張張，一面面，盡情地伸嚮空間，遮蔽庭院。這一句將芭蕉葉的神態寫活了。“中庭”，即庭中。所謂“陰滿中庭”，是誇飾之言。這里用一個叠句，反複吟詠，着重渲染，使人如臨庭前，身受緑葉的遮蔽，進而注視到蕉葉的舒捲。“葉葉”“心心”，兩對叠字連用，一是從聽覺方面形成應接不暇之感，二是從視覺印象上展示出蕉葉不斷舒展的動態。

芭蕉葉子的生長和一般樹葉不同，它是在蕉心包捲中慢慢地伸展出來的，一片葉子要經過較長時間纔能完全長出來。老葉長成後，幼葉又從蕉心包捲中長出。正因爲這樣，蕉葉與蕉心之間就顯出一種相互依戀的情態，故詞人説“舒展有餘情”。有的版本作“餘清”，意謂蕉葉舒捲，蕉心給人以清凉舒適之感。

“風光雖好非吾有，故國常懷反自煩”。其時，詞人正處於動蕩不安的生活中，异鄉景物固然使她感到新鮮，但更多的恐怕是勾起她的懷鄉情懷。

傷心枕上三更雨，點滴霖霪

到了晚上，滿懷愁緒，無論如何不能入睡。是什麽讓她如此傷心？詞人没有説。本來就傷心不已，偏偏天又下起雨來，那雨打芭蕉的聲音，一直到夜半三更，嘀嘀嗒嗒，響個不停。這讓旅居异地、心事重重的詞人，更加心緒不寧。“霖霪”，原指久雨，這里形容雨聲不斷。

點滴霖霪，愁損北人，不慣起來聽

雨聲淅淅瀝瀝，接連不斷，無情地敲打着愁人的心扉。她聽不慣，睡不着，真愁壞了，於是披衣起床。

“點滴霖霪”，有一種聲音的效果，葉葉聲聲，猶如在耳。它的疊用，更加强化了這種效果。“愁損”，是“愁壞了”的意思。“北人”，是南渡後詞人自指。從這一詞，我們大概知道詞人傷心煩愁的原因。那時清照丈夫已死，她已經歷太多痛苦與不幸，眼下正因金兵入侵而流落他鄉。她已被國憂鄉愁折磨得體弱神傷，而夜雨打在芭蕉上，一滴滴，一聲聲，似乎更是在提醒，這是寄居的南方。詞人將睡不着的原因推加給無辜的芭蕉，這是遷怨於物的寫法。事實上，真正使她憂心不寐的，是國難的創痛與深重的鄉愁。這正是其“婉約”風格的體現。“北人”，一作“離人”。

評解

詞人因見芭蕉而起興，觸景傷懷，抒發了流落异鄉、懷念故土之情。這種背井離鄉的寂寞凄楚之感，產生於國亡、家破、夫死以後，不同於平常環境中的羈旅離别情緒。可以説，既抒寫了詞人自己的感受，也道出了時代的心聲。

這首詞篇幅雖短，意藴却很深，語言淺近通俗，用筆輕靈而感情凝重，體現出漱玉詞語新意雋、頓挫有緻的特點。全詞以芭蕉、夜雨爲背景，寫了一天的見聞和感受。上片訴諸視覺，描寫白天窗前所見；下片訴諸聽覺，刻畫深夜枕上所聞。主人公的情感之波，隨着時間的推移和景物的變化而起伏動蕩。“陰滿中庭”和“點滴霖霪”均用疊句，起到了渲染環境氣氛、加强藝術效果的作用。詞中還運用了雙聲疊字，形成錯落有緻的韻律，使作品的意象顯得更爲生動，富有藝術感染力。

蝶戀花

暖雨晴風初破凍，柳眼梅腮，已覺春心動。
酒意詩情誰與共？淚融殘粉花鈿重。

乍試夾衫金縷縫，山枕斜攲，枕損釵頭鳳。
獨抱濃愁無好夢，夜闌猶剪燈花弄。

題解

此詞當作於趙明誠閑居故里十年後重新出仕、李清照仍獨自留居青州時。在有的版本中，題作《離情》或《春懷》。

真摯大膽而又曲折委婉地表達伉儷之情，是李清照所長。有評者說，李清照“不嚮詞的廣處開拓，却嚮詞的高處求精；她不必從詞的傳統範圍以外去尋新原料，却只把詞的範圍以内的原料醇化起來，使成更精緻的産物”。的確，此詞的原料是婉約詞家常寫的良辰美景和離懷别苦，而經過詞人的一番醇化，確實釀出了新意。

蝶戀花（暖雨晴風初破凍） 詞意圖　蕭惠珠 繪

【句解】

暖雨晴風初破凍，柳眼梅腮，已覺春心動

春天來了，淅淅瀝瀝的小雨不再像冬日那樣寒意逼人，而是讓人感覺有了暖意。更多的時候，天氣晴朗，春風和煦。沉睡了一冬的大地開始解凍，柳樹上長出了新芽，嫩葉又細又長，好似少女含情的眼睛；梅花迎風而開，那粉紅色的花瓣，如同美女紅潤的香腮。這早春的景色，實在讓人欣喜陶醉，游春的心情也隨之而動。

詞人對事物的細微變化是很敏感的。由於春剛到，所以說“初破凍”，即剛剛破除了嚴寒冰凍，用語新鮮，含蓄有味，不說春來，而春已自見。柳和梅都是初春的代表性景物，“柳眼梅腮”，實際上是概括了萬物逢春、欣欣嚮榮的景象。一般用物喻人，而這里却用人喻物，賦予自然景物以生命和感情，不僅新穎生動，而且給人以美好的想象；彷彿春天就像一位美麗的少女，悄悄地來到人間。

開頭幾句，既是寫景，又暗中寫人，筆調輕鬆歡快，流露出一種春回大地的喜悦之情。

酒意詩情誰與共？淚融殘粉花鈿重

這樣美好的春光，正是游園賞花、飲酒賦詩的好時節，可是，有誰與我相伴，共享春光呢？想想丈夫在家時的快意生活，再看看現在自己獨守深閨，落寞孤單，不禁悲從中來，淚流滿面。淚水打濕了脂粉，弄得臉上痕迹斑斑，殘粉猶存；頭上的金花首飾彷彿也要比往日沉重得多。

“誰與共”，其實就是無人與共。“花鈿重”，是說主人公因過度傷心而感覺精神不支，同時描繪出粉淚下垂、低頭不語的愁人形象。

這一句既寫現在，又暗含回憶，在今昔對比的感傷中寄托相思之情。柳永《雨霖鈴》中說：“此去經年，應是良辰好景虛設。便縱有千種風情，更與何人說。”二者有异曲同工之妙。

乍試夾衫金縷縫，山枕斜敧，枕損釵頭鳳

春到人間，天氣漸漸暖和，於是脱去冬裝，開始試着穿上金綫縫成的夾衫。穿倒是穿了，却了無情緒，連妝都没有卸，就懶懶地躺在床上，斜靠在枕上。儘管雲鬟蓬鬆，髮髻上的釵頭鳳也被壓壞了，也懶得理會。

這三句寫的全是外表動作，但從中可感受到人物的内心活動。夾衫而用“金縷縫”，言其精緻名貴。主人公換上春裝，暗示已有迎春、探春之意，但誰能同游？情緒剛要揚起，却馬上跌落。那迷人的春光，無非只是徒惹一懷春愁。“山枕”，即檀枕，兩頭隆起，其形如“凹”。“釵頭鳳”，是一種首飾，因釵頭作鳳凰形而得名。

獨抱濃愁無好夢，夜闌猶剪燈花弄

整日里愁思綿綿，鬱鬱寡歡，入睡後也没有什麽好夢。夜已經很深了，主人公還獨自守在燈前，不時地剪着蠟燭，撥弄着燈花。

“獨抱濃愁”，突出人的孤獨。愁，本來是一種無影無形的情感，看不見，摸不着，但在詞人那里，却可以“抱”，具有分量感。不僅讓人真切地感受到它的深重，而且被它籠罩住，抛不開、擺不脱。“無好夢”，説得輕巧却耐人尋味，似夢又似非夢，而從下句來看，是未曾入夢的。在這看似輕鬆的語氣中，含有孤寂難眠的深沉苦悶。

“燈花”，是燈芯燃燒時結成的花形，舊時以燈花預兆喜事臨門。俗語説：“今夜燈花放，明朝貴客來。”大概主人公也正是這種心情。不過她盼望的並不是什麽貴客，而是與自己相親相愛的丈夫。“夜闌猶剪”，説明主人公一直深夜獨坐，燈芯已被剪過多次，正所謂“孤燈挑盡未成眠”。這兩句含蓄傳神，值得玩味。主人公手弄燈花，比她直接訴説思念親人的心事，更耐人尋味，更富感染力。

評解

這首詞的上片描寫初春迷人的景色，以及由此撩撥起的游春懷人之思，委婉細膩地刻畫了主人公孤獨落寞的心理。下片描寫試夾衫、攲山枕、抱濃愁、剪燈花等一連串生活細節，曲折生動地描繪了主人公獨處閨房、夜不能寐、孤寂難耐的形象。可以看出，詞人善於將無形的内在感情，通過形態動作來表現。

這首詞寫景之妙，爲評家稱道。同時，詞人獨運匠心，以樂景襯哀情，倍增其哀。如：大地回春，看似欣喜，結果是無人與共；初試春裝，看似輕鬆歡快，結果却傷心攲枕；夜弄燈花，似有閑趣，結果是獨處難眠，盼望親人歸來。另外，清照詞中比喻也很有特色。一般來説，比喻往往是用物比人，但詞人常用人比物，並且貼切生動、形神畢現，如“柳眼梅腮”，與“緑肥紅瘦”“寵柳嬌花”相並列，可以稱得上是“易安奇句”。

鷓鴣天

暗淡輕黃體性柔，情疏迹遠只香留。
何須淺碧輕紅色，自是花中第一流。

梅定妒，菊應羞，畫闌開處冠中秋。
騷人可煞無情思，何事當年不見收。

題解

這是一首詠桂詞，通篇雖無“桂花”二字，但花香、花色、花性、花品均宛然如見。其旨當是以桂的色淡香濃，隱喻人的內美。

鷓鴣天（暗淡輕黃體性柔）詞意圖 李鳴泉 繪

【句解】

暗淡輕黄體性柔，情疏迹远只香留

桂樹枝繁葉茂，冬夏常青，以同類爲林，間無雜樹。秋天開花者爲多，芳香四溢。舊時庭園常成對栽植，稱“雙桂當庭”或“雙桂留芳”。

桂花略呈黄色，黄得輕淡柔匀，在緑葉映襯下，似乎有些暗淡。桂花花體輕小，體性温柔，無論生長在僻處山野，還是園林庭院，它們看上去都十分淡雅，一點也不張揚。但是只要桂花一開，就會香飄十里，山野間、院子里、衣袖上……所到之處，一路留香。

唐人詠桂詩曰：“爲問山東桂，無人何自芳。”“山中桂樹多，應爲故人攀。”桂花多生於深山，看上去疏淡清雅，故説“情疏迹遠”。可貴的是，不管花色、體性、居處如何，它們都是“只香留”，桂花因此又被稱爲“九里香”。

詞一開頭，詞人采用慣常的白描手法，寫出了桂花的顏色、體質和特性，賦之以嫻静、淡雅的情態。顯然，這里傾注了詞人的情懷。在她看來，花不一定以嬌麗鮮艷取勝，疏淡清雅也是一種美；形、色之美固然讓人悦目，芳香四溢則更令人賞心。

何須淺碧輕紅色，自是花中第一流

百花之中誰更美？可謂仁者見仁、智者見智。“何須”二字，把僅以色美形嬌取勝的群花一筆蕩開，而推出色淡香濃、迹遠品高的桂花。何必要强求淺碧輕紅的顏色呢？像桂花那様淡雅而幽香，自然是花中第一流。

詞人的審美情趣，滲透着她的思想感情。據記載，李清照纔華横溢，自視很高，好“譏彈前輩”，詩纔詞筆，不讓鬚眉。宋王灼《碧鷄漫志》卷二雲：“易安居士……自少年便有詩名，纔力華贍，逼近前輩。在士大夫中已不多得。若本朝婦人，當推文采第一。”不知這“花中第一流”，是否包含了詞人的自許？

梅定妒，菊應羞，畫闌開處冠中秋

在百花之中，梅和菊歷來受到人們的稱賞，清照也寫了不少吟詠之詞。但在這里，她將梅、菊與桂花相比。究竟比什麽，詞人没有説，只是説梅花定會感到嫉妒，菊花應該感到羞愧。這種側面烘托的寫法，比正面描寫更爲奏效，不僅使詞情跌宕多姿，而且使桂花高雅不俗的形象更加深化；同時也很自然地引出下文：在那畫闌之處，每逢金秋時節，桂花盛開，清風徐來，香飄數里，桂花真是群芳之冠！“開處”，一作“開歲”。

需要指出的是，詞人並不是要貶低她一嚮喜愛的梅、菊，而是通過桂花的以香取勝，讚賞“内美”的可貴。“畫闌”，即畫着花紋的闌杆，言其精美，出自李賀《金銅仙人辭漢歌》：“畫闌桂樹懸秋香，三十六宫土花碧。”“中秋”，這里泛指秋季，並非農曆八月十五中秋節。

騷人可煞無情思，何事當年不見收

“可煞”，相當於“可是”。“騷人”，指大詩人屈原。他在《離騷》中，吟及許多香花芳草，以喻君子修身美德。詞人很爲桂花抱屈：是不是屈原缺少情意或纔思，要不當年爲什麽不把香冠中秋的桂花收進去呢？

有人説，屈原詩中還是有桂花的。其實這並不重要，因爲《離騷》不是花譜，屈原是否喜歡桂花，是否吟詠，那是他的事。詞人故意設問指責，看似無理，實則是爲了更好地抒發對桂花的偏愛之情。這樣結尾，既生動風趣，又耐人尋味。

與李清照同時的江西詩人陳與義，也寫有一首詠桂詞，其中兩句説道：“楚人未識孤妍，《離騷》遺恨千年。”其意與清照此兩句相同，但韻味迥异，高下立判，因爲陳詞説得太實，缺少清照詞的含蓄、風趣和靈巧。

評解

歷來文人學士借詠梅、詠菊來抒寫情懷的爲數不少，但吟詠桂花的就不多見了。李清照這首詞，偏要道出桂花的可稱賞之處，譽其爲“花中第一流”，自是不同凡響。

一首好的詠物詞，既要細緻生動地狀物，也要有所寄寓，將詞人自己的感情、志趣等融進去。既不離於物，又不拘泥於物，水乳交融，方纔真切動人；借物言情，形神並似，境界纔高。這首詞便是一篇詠物佳作。

清照詞一嚮以白描見長，而本篇却以議論入詞，托物抒懷，但都離不開形象的描繪。如果没有第一、二句對桂花外形特質的很好描繪，爲全詞的議論奠定基礎，那麽，由此生發出來的議論，無論是正面的品評，還是側面的比襯，或是有趣的質問，都成了無本之木。而議論或發問更不帶絲毫的書卷氣，故能妙趣横生，令人嘆服。

詞人在描寫桂花的同時，也是在寫人。王國維在《人間詞話》中説：“‘何須淺碧輕紅色，自是花中第一流’，易安語也，其詞品亦似之。”

蝶 戀 花

上巳召親族

永夜懨懨歡意少，空夢長安，認取長安道。
爲報今年春色好，花光月影宜相照。

隨意杯盤雖草草，酒美梅酸，恰稱人懷抱。
醉里插花花莫笑，可憐春似人將老。

題解

這首詞題爲“上巳召親族”。上巳是三月三日，古人有“修禊”的習俗，即召宴親友，到水邊戲游，臨水插花，以驅除不祥，祈求吉利。王羲之《蘭亭集序》稱：“暮春之初，會於會稽山陰之蘭亭，修禊事也。”那時“群賢畢至，少長咸集”，爲一時盛會。

蝶戀花（永夜懨懨歡意少）詞意圖 廖松岗 繪

宋欽宗靖康二年（1127）四月，北宋滅亡。五月，欽宗之弟趙構即位，改元建炎，史稱南宋。建炎二年(1128)，李清照南渡抵達江寧(今江蘇南京)，趙明誠時任江寧知府。第二年二月，趙被罷官。八月，趙明誠病逝。此後，在金人渡江南侵的形勢下，詞人長期處於飄零轉徙中，已無心情和條件宴請親族。因此，這首《蝶戀花》很可能是她南渡之初的作品。

親友團聚，以相慰安，可這畢竟是在非常時期，詞中流露出來的情緒是低沉的。

【句解】

永夜懨懨歡意少，空夢長安，認取長安道

“永夜”，即長夜。“懨懨”，精神不振的樣子。傳統的上巳節日，親友相聚，本該熱鬧歡樂，但主人公的心情並不輕快。待夜深人静時，更是鬱鬱寡歡，輾轉難眠，只覺得夜是那樣的漫長難挨。當她勉强睡着的時候，又夢見了故都汴梁，甚至還在夢中辨認着回京的道路。“長安”，今陕西西安，爲漢唐都城，後人多用它代指國都，這里指的是北宋國都汴梁。

清照南渡前，山東青州家已被焚燬，路上又遇盜劫，而國勢更不堪問，其心情可想而知。她是多麽希望能光複國土，重返家園啊！思深情切，故托之於夢。可是一覺醒來依然身在异地，只是夢中游歷而已，故謂“空夢”。在這無望的口氣中，暗含着冀望恢複中原而不得的痛苦與失落。

爲報今年春色好，花光月影宜相照

主人公空懷家國之思，在長夜漫漫、鄉夢沉沉的情形下，只好轉而自尋開心，自我安慰。你看，今年的春色很好，百花盛開，絢麗多姿；到晚來，花枝綽約，光影摇曳，與皎潔的月色掩映生輝。如此美景，暫且抛開煩惱，去觀花賞月吧，也算不辜負這美好春光。“花光月影”，實則是月光花影的倒文。

隨意杯盤雖草草，酒美梅酸，恰稱人懷抱

“隨意”，是没有特意準備而抱歉的意思。“杯盤”，指酒菜。“草草”是説準備得匆忙，簡單，不豐盛。這是作爲主婦身份的客氣話。儘管只是家常便宴，但酒味醇美，酸梅也不錯，正合大家的心意。言下之意是説，親友相聚，難得開懷，也可暫時讓人忘掉憂愁。在這語氣中，流露出詞人感時傷亂的情緒。

醉里插花花莫笑，可憐春似人將老

上巳日有插花的習俗。歐陽修《洛陽風俗記》：“洛陽之俗，大抵插花，春時城中無貴賤皆插花，雖負擔者亦然。”喝了酒，帶着些醉意，主人公準備插花，一邊說道：花兒啊，你可不要笑話我！似乎是擔心醉後不能自持，手脚不便，將花插得東倒西歪。其弦外之音是：你可知道我爲什麼而醉？“醉里”，一作“醉莫”。

上巳是在暮春之初。景色雖美，可惜轉眼即逝，百花也會跟着凋零，這容易勾起人的傷春情懷，於是主人公嘆道：唉，可憐那春天啊，也要像人一樣，即將老去。這里，透着主人公對前景的擔憂，實際上就是憂時傷國。短短兩句看似平淡淺顯，却含意深刻，耐人尋味。

評解

詞人用樸實自然的白描手法，在抑揚頓挫的音韻節奏中，抒發了自己的思鄉憂國深情。雖然寫的只是生活中的一個小片段，却委婉曲折，含意深微，從一個側面反映了當時的社會現實。

詞人一開頭就點出深沉的故國之思，可是馬上又把文筆移開，去談明媚的春色，去說酒宴是否稱心。這似乎與主題無關，其實正是婉約之妙。如此寫法，不僅使文意層層深入、波瀾起伏，而且使詞情貌斷實連，渾然而成，到最後收筆時，“故園難忘，憂思難斷”的婉曲深情，也就表達得更加深沉有力、真摯動人。

鷓鴣天

寒日蕭蕭上瑣窗，梧桐應恨夜來霜。
酒闌更喜團茶苦，夢斷偏宜瑞腦香。

秋已盡，日猶長，仲宣懷遠更凄涼。
不如隨分尊前醉，莫負東籬菊蕊黄。

題解

依“仲宣懷遠”和“莫負東籬”兩句，這首詞大概作於清照南渡後不久，時間大約是建炎二年(1128)，那時趙明誠正在江寧任知府。社會亂離，客居异地，詞人在詞中寄托了家國之思，有着身世飄零的感遇。整首詞的感情調子是比較低沉的。

鷓鴣天（寒日蕭蕭上瑣窗） 詞意圖 馬泉 繪

【句解】

寒日蕭蕭上瑣窗，梧桐應恨夜來霜

“寒日”，是説陽光有些慘淡、冷清。詞中所寫是秋天，並非冬日。太陽慢慢昇高了，一點一點照射到窗上，看上去很明亮，却給人以冷落蕭索之感。“蕭蕭”，一般用來形容風雨，這里是説陽光給人的感覺，就如同蕭瑟的秋風一樣，有些凄冷。用“蕭蕭”形容“寒日”，一下子便給深秋的清晨帶來遲暮的氣氛，也爲全詞點染了一個色調凄清的背景。“瑣窗”，雕刻有連環圖案的窗子。從它前面的“上”字來看，太陽光照射到窗上，有一個慢慢移動的過程，説明主人公一直久久地注視着，心緒茫然。“瑣”，一作“鎖”。

“梧桐”一句，又在凄清中抹上了一層暗淡的色彩。主人公朝窗外望去，曾經茂盛蒼翠的梧桐樹無言獨立，一枝一葉似乎都凝結着愁怨：它們一定是對夜間的寒霜心有恨意吧。梧桐因天氣轉冷、霜露漸重而開始落葉凋零，但草木無知，本不能恨，詞人采用擬人的手法，將自己的感受融入其中。其時，清照遭遇國難，流落他鄉，逢秋作客，怎不倍感凄清和愁怨呢？不過，她並不直抒胸臆，而是含而不露，移情入景，借梧桐之恨，傳達自己的情緒。

酒闌更喜團茶苦，夢斷偏宜瑞腦香

“酒闌”，即酒意將盡。主人公喝完酒後，再喝上幾杯團茶，那又濃又苦的滋味正是她所喜好。“團茶”即茶餅，宋代有爲進貢而特製的龍團、鳳團，印有龍鳳紋，最爲名貴。茶能解酒，特喜苦茶，説明酒飲得很多。主人公並非酒徒，其所以如此，無非是心情苦悶，借酒排遣。從夢中醒來之後，只覺瑞腦散發出的清香，沁人心脾。“瑞腦”，熏香名，又名龍腦，以龍腦木蒸餾而成。她做的是什麽夢？又因何而斷？這都留給讀者去想象。

這兩句叙寫主人公在寂寞秋日自遣自慰的情狀。“更喜”和“偏宜”兩詞，表面上寫樂，實際上是寫悲。酒飲得多，表明愁重。苦茶雖宜解酒，但那只是生理上的。精神上的苦悶，又豈是借酒澆愁、飲茶解醉所能排解？“偏宜”，表面是説香氣宜人，實則是説環境的清冷静寂，因爲只有在這樣的環境中，纔能讓人更加明顯地感覺到熏香的香氣。主人公在燃香獨坐、默然沉思中，似乎獲得了片刻的寧静，但其内心深處，仍是愁雲恨霧，揮之不去。這種以閑寫愁的筆法，是很耐人尋味的。

秋已盡，日猶長，仲宣懷遠更凄凉

秋天已經過完，白天還是那麼長，比起仲宣懷念遠方家鄉，主人公更覺凄凉。夏至以後，白天逐漸變短，到秋盡時，主人公却覺得白天還是那麼長。看似無理，實則有因。終日被思念故土的愁苦所煎熬，自然會產生日長難挨、度日如年的感覺。

“仲宣”一句用了王粲的典故。王粲(177–217)，字仲宣，山陽高平（今山東鄒縣）人，少時即以文纔見長，是“建安七子”之一。董卓之亂時，他避亂荆州，依附劉表，但未被重用。在荆州他寫了《登樓賦》，抒發壯志未酬、懷鄉思歸的抑鬱心情。此時，詞人因“靖康之難”、北宋淪亡而背井離鄉，其身世、情懷與仲宣相倣，故借以自況，其思歸不得的幽怨之情似乎還要强烈，因此說“更凄凉”。這一典故的容量是很大的，包含了道不盡的身世之感、亂離之苦。

不如隨分尊前醉，莫負東籬菊蕊黄

“隨分”，隨便，含有隨遇而安的意思。飄零的命運不知何時纔能結束，日思夜想的故土不知何日纔能重歸，總不能一直凄凉感傷，被無邊的愁苦壓倒吧。不如端起杯中美酒，隨意痛飲，别辜負了東籬盛開的菊花。“東籬”，種菊花的地方，語出陶淵明《飲酒》詩：“采菊東籬下，悠然見南山。”

本來是借酒澆愁，却又故作達觀；而表面上的達觀，實際隱含着悲愁難遣的家國之思。因此，把酒對菊絶非賞心樂事，而是一種無可奈何的自我排遣。這種自寬自慰的説法，看似輕鬆，實則含怨。

評解

李清照南渡後，所作之詞主調較深沉，内容多爲感時傷亂、懷鄉念國。這首詞寫秋景，寄鄉愁，是典型的晚期作品。詞人起筆寫深秋凄凉的景色，移情於物，含悲秋傷時之意；接着寫酒後喜茶，夢醒聞香，委婉含蓄，道出孤寂無聊的心境；而後引王粲懷遠典故，借古寄懷，發思鄉之幽情；結尾自我勸慰，凄婉情深。

這首詞和李清照的其他詞作一樣，不是直抒胸臆，而是委婉含蓄，借景抒情或懷古寄情。全詞跌宕有緻，如剛寫窗外梧桐，忽轉嚮喝茶聞香；正寫仲宣懷遠，又轉嚮東籬把酒。但它不是漫無邊際，而是圍繞一個主題，多方下筆。這種自由轉筆而立意奇巧的寫法，在詞人的詞作中是較爲常見的。

清平樂

年年雪里，常插梅花醉。
挼盡梅花無好意，贏得滿衣清淚。

今年海角天涯，蕭蕭兩鬢生華。
看取晚來風勢，故應難看梅花。

題解

這首詞是李清照後期詞的名篇之一。詞人從往昔賞梅寫起，以今日憐梅收篇，展示了不同時期的境遇，表現了身世飄零的不幸，寄托着深沉的家國之憂，思想內容遠較一般的詠梅詞深廣。

清平樂（年年雪裏）詞意圖　廖松崗　繪

【句解】

年年雪里，常插梅花醉

“年年”，是對往事的回憶，包含了許多歲月的生活情景，如生活優越、無憂無慮的少女時期，夫妻志趣相投、相親相愛的婚後歲月等。在那年年雪花飄飛的季節，一朵朵、一樹樹的紅梅競相怒放，在銀妝素裹的冬日世界，綻放出生命的激情。主人公懷着喜悦的心情，踏雪賞梅，常常情不自禁地摘下幾朵，插戴在髮間。那時的她，時時陶醉於歡愉中。

“年年”和“常”，指這樣的生活在過去已成習尚。踏雪，本是賞心樂事；賞梅，更見情緻雅韻。宋人賞梅注重雪景的襯托，强調氣韻和精神，所謂“有梅無雪不精神”(盧梅坡《雪梅二首》)。故“雪”字不僅表明冬令時節，繪出梅雪爭春圖，更突出賞梅的環境。

梅花傲霜鬥雪，凌寒獨放，被人賦予冰姿玉骨、鐵軀古心、高潔堅貞等品質。詞人對梅花特别喜愛。“插花”，即頭上戴花。詞人其它作品中也提到鬢插梅花的事，如《菩薩蠻》：“睡起覺微寒，梅花鬢上殘。”

挼盡梅花無好意，贏得滿衣清淚

可惜的是，踏雪賞梅、令人陶醉的美好生活，已成過眼雲烟。又是雪飛梅開的時節，主人公早没有了插花的心情，她只是順手摘下一朵梅花，在手里揉搓着。花兒一點點碎了，掉在地上；隨同而下的，還有摘花人凄清的眼淚，一滴一滴，濕了衣衫。

評家多認爲，這是詞人中年遭遇不幸時悲愴情感的寫照。建炎三年(1129)，趙明誠病逝。當時金兵南下，李清照孤苦無依，過着顛沛流離的生活。即便還是一樣的飛雪、一樣的梅花，然而兵燹亂離，偶喪家亡，詞人的心都碎了，哪還有好心情呢?

“挼盡”，即搓來搓去，揉搓了很久。當年賞花、插花，是無限的喜悦，如今情不自禁地任花殘零，是因爲内心有着難以排遣的憂苦。這里有時間的流動、境遇的變遷、感情的發展。“無好意”，是心情不好的意思。“贏得”，即剩得。“清淚”，是詞人南渡後悲苦凄凉心情的反映。

今年海角天涯，蕭蕭兩鬢生華

“今年”點明時間，呼應已往的“年年”。主人公説：今年我飄泊在海角天涯，兩邊的鬢髮已經稀疏花白了。“海角天涯”，並非真指地理上的荒遠，而是感傷於身世飄零。金人占領北方，自己流落江南，多年來思歸而不可得。丈夫已亡，自己孤苦無依，處境凄涼困苦，不免有淪落天涯之感。“蕭蕭”，稀疏的樣子。詞人慨嘆自己飄泊無定，年老無依，但這不同於一般的嘆老嗟窮，而是在喪亂淪落中蘊含着時局之憂。

看取晚來風勢，故應難看梅花

“看取”，即看。眼看那近晚吹來的風勢，越來越大，即便有梅花，也必定會風狂花盡，難以再賞了。這里可能寄托着詞人對國事的憂懷。古人常用比興的手法，以自然現象的風雨、風雲，比附政情形勢。因此，這里的“風勢”既是自然的，也可能是政治的，即“國勢”，喻指金兵對南宋的進逼。“梅花”，喻指美好事物。從“常插梅花醉”，到“挼盡梅花無好意”，再到“故應難看梅花”，主人公由幸到不幸，情感由樂到哀，既是其人生不同階段的寫照，又是國是日非、時局艱難的折射。

評解

這首詞處處跳動着詞人生活的脉搏：早年的歡樂、中年的幽怨、晚年的淪落憂愁，在詞中都約略可見。詞人飽經滄桑，將許多難言之苦，通過抒寫賞梅的不同感受傾訴出來。詞意含蓄蘊藉，感情悲切哀婉。身世之苦、家國之難融合在一起，使詞的思想境界爲之昇華。

這首詞篇幅雖然短小，却運用了多種藝術手法。從描寫賞梅的感受看，運用的是對比手法，由賞梅而醉，到對梅落淚，再到無心賞梅，反映出不同的人生境遇，表現了詞人生活的巨大變化。從上下闋的安排看，運用的是襯托的手法。上闋寫過去，下闋寫現在，但又不是今昔並重，而是以昔襯今，表現出詞人飄零淪落、衰老孤苦的處境和飽經磨難的憂鬱心情。

南歌子

天上星河轉，人間簾幕垂。
涼生枕簟淚痕滋，起解羅衣，聊問夜何其。

翠貼蓮蓬小，金銷藕葉稀。
舊時天氣舊時衣，只有情懷，不似舊家時!

題解

宋高宗建炎三年(1129)，趙明誠病逝。這首詞抒寫了詞人悲涼孤寂的心情，追懷自傷情緒甚重，可能作於明誠卒後。

南歌子（天上星河轉） 詞意圖　蕭惠珠 繪

【句解】

天上星河轉，人間簾幕垂

詞一開頭就展現出一個天上人間的廣闊境界，但却飄浮着一種輕微的黯淡氣氛。上句是寫天上，説銀河已經嚮西斜轉了。“星河”，即銀河。“轉”，説明時間流動，應是頗長的一個跨度，人能覺察至此，則其深夜無眠可知。下句是寫人間，説家家户户都垂下了帷簾，人們漸入夢鄉，實際上是襯托自己的孤獨與心緒不寧。“天上”“人間”對舉，有人天遠隔的含意，似乎其中有沉哀欲訴。這兩句並非客觀地描寫自然景物，而是詞人的意中之象。字面上是寫景，内里是抒情；表面看似平静無波，實則暗流洶涌。

凉生枕簟淚痕滋，起解羅衣，聊問夜何其

主人公躺在床上，只覺得枕席上生出陣陣凉意。“枕簟”，即枕頭和竹席。簟席爲暑天所用，點出時令特點。“凉生枕簟”，可能是因爲天氣轉凉，更多的是主人公孤獨凄凉心理的反映。“淚痕滋”，是説眼淚流濕了枕頭。“滋”，多的意思。這是從正面寫主人公之悲。

悲傷不已，人亦勞瘁，主人公從床上起來，準備解衣入睡，同時心下不禁問道：夜到什麼時候了？從“起解羅衣”看，她原本是和衣而卧，説明心事萬千，所謂“悶則和衣擁”。“聊問”，是姑且問的意思，並不需要回答。早也好，晚也罷，對她來説，似乎都不重要。其孤寂悲苦的由來，已非一日。

《詩經·庭燎》：“夜如何其？夜未央。”這大概是“夜何其”一語的最早出處。這四字不便用於詩，便省略爲三個字。可以省去“如”字，而作“夜何其”；也可以省去語助詞“其”，而作“夜如何”，如杜甫《春宿左省》詩：“明朝有封事，數問夜如何。”

翠貼蓮蓬小，金銷藕葉稀

因解衣欲睡，看到衣上花綉，又生出一番思緒來：用翠綫縫在羅衣上的蓮蓬，看着小了；用金綫縫成的蓮葉，也有些稀疏了。“翠貼”“金銷”，即貼翠、銷金，均爲服飾工藝。在衣服上用細綫縫連花飾，不見針脚叫“貼”；以金飾物叫“銷金”，此指衣上花飾用金箔或金綫製成。

這兩句有些費解，是衣服上的花飾原先就那樣小，那樣稀？還是因爲心情不好，看着不同以往了？或者是説衣服舊了，磨損了？詞人寫到服飾，並非無所用心，而是有着深意的。這羅衣是與丈夫共同生活的見證。在這傷感懷人的

深夜，它必勾起詞人對種種往事的回憶。樂府民歌中有一種常見的諧音手法，即以“蓮”諧音“憐”，以“藕”諧音“偶”，詞人是否也暗用了這一手法呢？即使没有，但只要設身處地，想想詞人睹物傷人的情狀，也會覺得“小”與“稀”，並不僅僅爲形容花飾而設，它似乎在暗示喪偶成寡、自憐弱小的不幸處境。

舊時天氣舊時衣，只有情懷，不似舊家時

天氣是舊時的天氣，衣服也是舊時的衣服，只是心情却不像從前了。“舊家時”，也就是舊時，並非泛指從前任何時候，而是應與丈夫在一起的某一特定的時間。那時，也是這樣的天氣，而且自己也穿着這件衣服。“舊時衣”，既呼應上闋的“起解羅衣”，又交待這羅衣是以前就有的。這里三個“舊”字連用，疊字疊韻，音韻聲調和諧悦耳，富有節奏感，反反複複，只覺字字悲咽。

舊時是怎樣的情形、怎樣的情懷，詞人没有説，也不需要説。但我們彷彿聽到了主人公長長的嘆息聲。今昔對比，惟有身歷滄桑者纔能領會其中所包含的許多深意。

評解

詞人以凄傷的筆觸，抒發了南渡後夫亡家破、寂寞孤凄的悲愴情懷。上片寫深夜天氣依舊，女主人孑然一身，心酸落淚，深夜不眠。下片寫天氣依舊，衣物如故，睹物傷情，不勝悲慨。全詞構思精巧，蘊藉有味，文筆自然流暢而委婉曲折，感情深沉真摯而凄凉悲惻，手法靈活變化而多種多樣。字字句句鍛煉精巧，日常口語和諧入詩。看似平平淡淡，却將心思娓娓道來，感人至深。

武陵春

風住塵香花已盡，日晚倦梳頭。
物是人非事事休，欲語淚先流。

聞説雙溪春尚好，也擬泛輕舟。
只恐雙溪舴艋舟，載不動許多愁。

題解

紹興四年（1134）冬十月，李清照避亂金華，次年歸臨安。此詞寫雙溪晚春，當在紹興五年（1135）。那時，丈夫死了，珍藏的文物大半散失了，自己流離异鄉，歷盡劫難，所以詞情極其悲苦。

武陵春（風住塵香花已盡） 詞意圖　廖松岗 繪

【句解】

風住塵香花已盡，日晚倦梳頭

在一個暮春時節，一番風雨過後，花兒都凋落了，連塵土也被落花染香。主人公面對花盡春去的冷落景象，心灰意懶，雖然日上三竿，仍無心梳洗打扮。

詞人從暮春三月景色切入，略去春歸的漫長過程，只將結果寫出。“風住”一句，通俗凝練，富於暗示性，此前風吹雨打、落花紛飛的景象如在眼前。“塵香”，極言花落之多。對於傷春惜春的人來説，這一景象是多麽的無情和令人傷感。主人公是否就是因春去而情緒低落呢？怕不盡然。客觀景物只是外因。從後文即可知，主人公内心早有所感，這只是觸物興懷而已。

物是人非事事休，欲語淚先流

風物依舊而人事全非，事事竟是那樣的不如人願。心中百感交集，千言萬語還没説出口，眼淚已奪眶而出。這兩句緊承上文，點明一切悲苦都是由於“物是人非”。其手法由含而不露轉嚮坦陳胸臆。

清照在北宋淪亡後，舉家南渡，後丈夫病逝，自己飄泊异鄉，從前的幸福生活只存於記憶中。此時，她不僅生活困苦，更重要的是歷經劫難後，精神上備感孤獨與痛苦。“物是人非事事休”一句，將家國之難、時局之艱、飄泊零落、紅顔遲暮、身世之痛等，盡數囊括其中，概括力極强。“欲語淚先流”，這是人在極端悲痛而想傾訴時的自然舉動，可謂“此時無聲勝有聲”。它真實而形象地表達了詞人悲愁之極、痛苦之極的情狀。

聞説雙溪春尚好，也擬泛輕舟

詞人筆鋒一轉，另换新意。她説：聽説雙溪的春色尚好，不妨到那里去泛舟游覽一下吧。“雙溪”，水名，位於浙江金華縣，是永康、東陽二水的交匯處，故名。

上闋剛寫到春色不堪、心情凄楚，這里却説意欲探春。乍看頗爲突然，其實是有脉絡可尋的。首句提到花落春殘，所以這里纔提出要去雙溪尋春；上闋末二句極言愁懷不展，這里則説嚮往解脱，這是很自然的，更何况詞人歷來就喜游賞。據周輝《清波雜志》載，她在南京的時候，“每值天大雪，即頂笠披蓑，循城遠覽以尋詩”。

“春尚好”“泛輕舟”措詞輕鬆，節奏明快，恰到好處地表現了詞人一刹那間的喜悦心情。而它們之前分别加上“聞説”“也擬”，則顯得婉曲低回，説明詞人出游之興是一時所起，並不十分强烈。其實，我們也可認爲這是虚想之景、虚擬之行，是詞人意念上的偶一閃光。

只恐雙溪舴艋舟，載不動許多愁

事實上，主人公的痛苦是太深了，哀愁是太多了，豈是泛舟一游所能排遣？所以她説：只恐怕那雙溪的小船，載不動我心頭許多的愁。“舴艋舟”，狹長小船，形如舴艋。

詞人連用“聞説”“也擬”“只恐”三組虚字，作爲起伏轉折的契機，一波三折。在上面一句鋪陳之後，最後來一個猛烈的跌宕，使感情顯得無比深沉，也使詞意波瀾起伏。

“愁”本是一種抽象的情感，看不見，摸不着，爲增其可感性，詞人通常采取誇張性的比喻。歷來詩家喻愁的，多種多樣。李後主《虞美人》：“問君能有幾多愁？恰似一江春水嚮東流。”是以水之多喻愁之多。秦觀《江城子》：“便做春江都是淚，流不盡許多愁。”則愁已經物化，變爲可以放在江中隨水而流的東西。李清照又進一步把它“搬”上了船，於是愁竟有了重量，不但可隨水而流，並且可以用船來載。這一比喻立意新穎，設想奇特，不着痕迹。因爲它承上句“輕舟”而來，而“輕舟”又是承“雙溪”而來，寓情於景，渾然天成，構成了完整的意境。

評解

李清照後期的作品往往帶有悲愁苦悶的情調。這種愁，和一般離情别愁以及種種“閑愁”都不一樣。在她的愁苦中，總是或多或少地含有國難、家破、夫亡的悲痛。

這首詞構思新奇，從神態舉止到内心波瀾，寫得既真率自然如行雲流水，又跌宕起伏似浪峰波谷，有一種凄婉勁直之風，具有較强的藝術感染力。詞的開頭説春光已盡，在未盡之時，芳菲滿眼，當然有許多動人的情景可寫，可是在已盡之後，還有什麽可寫的呢？及至讀下去，纔知道又是另外一番情景。如果説寫花盡春殘、物是人非而引起愁，還是平平無奇，那麽下片則構思新奇，别具風韻。從本意來看，不過是説小小春游，實不足慰人深重之愁，詞人却善於將文筆蕩開，欲抑先揚，把刹那間的微妙心理變化過程表現得曲折盡情，將凄婉情思表現得生動真切。

怨王孫

湖上風來波浩渺，秋已暮、紅稀香少。
水光山色與人親，説不盡、無窮好。

蓮子已成荷葉老，清露洗、蘋花汀草。
眠沙鷗鷺不回頭，似也恨、人歸早。

題解

據《詞譜》，詞牌《怨王孫》以秦觀同名單調詞爲正體，李清照這一首是雙調，爲變格。有的版本題作《賞荷》。此詞寫的是晨游之景，與《如夢令》（嘗記溪亭日暮）當是前後銜接的。前一次是荷花開放之時，這一次是“蓮子已成”之日，兩次時間相隔未久。雖然這一首從字面上不能確定創作時間，但從追憶溪亭之游的情形看，當是詞人結婚前後至二十三四歲居住汴京時所作。

怨王孫（湖上風來波浩渺）詞意圖　李鳴泉 繪

【句解】

湖上風來波浩渺，秋已暮、紅稀香少

起句勾勒出一幅水波蕩漾、紅荷凋殘的畫面。你看，在明朗清澈的秋空下，湖水倒映着遠山，不時有清風徐來，湖面上泛起層層漣漪，放眼望去，清波微瀾，渺無邊際。此時，已是暮秋時節，荷花大多已經凋謝，只剩下零零星星的一些，稀疏地點綴在湖面上，空氣中散發着淡淡的餘香。

“浩渺”，水勢遼遠，既表現了漣漪擴展的情景，又説明湖面之廣。“暮”，將盡。“紅稀香少”，有類“緑肥紅瘦”，簡潔形象地寫出了暮秋荷花的景象。“紅”，指荷花。

水光山色與人親，説不盡、無窮好

“一葉落而知天下秋”，一般來説，秋天的葉落花殘，容易引起人的傷感，正如宋玉所説：“悲哉秋之爲氣也！蕭瑟兮，草木摇落而變衰！”（《九辯》）然而，李清照面對暮秋景物，不僅没有蕭瑟之感，反而覺得景物宜人，美不勝收。你看，湖水湛藍，秋山淡遠，水光山色交相輝映，與人格外親近。這一切是多麼美好啊，該怎樣描述呢？即使千言萬語，也是説不完道不盡的。

山水“與人親”，這是擬人化的手法。山與水是自然景物，没有知覺和感情，詞人不直説自己如何親切自然，爲之陶醉，而是寄情於物，借彼言己，正所謂“以我觀物，故物皆著我之色彩”。

蓮子已成荷葉老，清露洗、蘋花汀草

秋天是收穫的季節。荷葉雖已老去，香氣消歇，然而它的蓮子已經成熟了，湖面上一朵朵蓮蓬正挺立着。而那湖邊的蘋花和岸上的小草，就像被清瑩的露水洗過一樣，看上去青翠欲滴。

“蓮子已成”一句，有果實纍纍、老葉凌風之態，一掃敗荷零落的淒楚頽唐之意，給人以豐盈充實的喜悦。後二句進一步寫湖邊的花草，使畫面景物更爲豐富多姿。“蘋花”，多年生草本植物，莖柔軟細長，生在淺水中，初秋開花。“汀草”，指水岸平地上的草。“清露洗”，含有很豐富的内容：一是顯示出花草的滋潤，色澤鮮明；二是展現出生氣勃勃、欣欣嚮榮的景象。大概詞人此時的心情也正如此吧。

眠沙鷗鷺不回頭，似也恨、人歸早

詞人眼前看到的，不僅是花草，還有禽鳥。看，在那湖畔的沙地上，有幾隻鷗鷺在休憩，它們是那樣的安静淡然，當我走過，連頭也不回一下，似乎是恨我歸去太早，不肯道别。

結尾二句，詞語婉曲柔和，含蓄有味，反映出詞人與鷗鷺爲友、寄情山水的樂趣及依戀之情。鷗鷺哪能懂得恨人歸早呢？分明是詞人捨不得離開荷湖鷗鷺，以反寫正，含蓄有趣。

張炎《詞源》卷下“制曲”條説：“過片不要斷了曲意，須要承上接下。”此詞上下承接，意脉不斷。“蓮子已成荷葉老”之句，與上片的時空、景物緊密銜接，直到曲終拍煞，詞意接轉連貫如一。上片末句是“説不盡，無窮好”，結拍爲“似也恨，人歸早”，聲韻詞意，無不動聽悦目。

評解

此詞上片寫游賞秋景的喜悦，下片寫歸去時的依戀不捨。全詞用語淺顯通俗，表意不落窠臼。自古逢秋悲寂寞，宋玉有“悲哉秋之爲氣也”（《九辯》），杜甫嘆息“萬里悲秋常作客”（《登高》），許多文人寫過遲暮的秋天。李清照本人也寫過“人比黄花瘦”的銷魂之感，包含着濃重的悲秋成分。此篇晚秋景色却寫得宏闊俊朗，清新親切。由於詞人樂觀情緒的點染，詞中的“水光山色”“蘋花汀草”，以及“眠沙鷗鷺”，無不使人感到可親可愛，心情愉悦。

此詞基本保持了婉約詞的當行本色，但又不同於一般婉約詞的纏綿藴藉，而直説“秋已暮”，直誇“無窮好”。如此寫來，既不隱晦，又不直露；既有景物的描繪，又有感情的抒發。這種含意明白而又不逐一點破的寫法，豐富了婉約詞的表達方式，使其既有意味深長之雋永，又有曉暢歡快之清新。這在北宋詞壇上，乃至古代閨閣詞人中，並不多見。

一剪梅

紅藕香殘玉簟秋，輕解羅裳，獨上蘭舟。
雲中誰寄錦書來，雁字回時，月滿西樓。

花自飄零水自流，一種相思，兩處閑愁。
此情無計可消除，纔下眉頭，却上心頭。

題解

《一剪梅》，詞牌名，因宋周邦彥詞中有“一剪梅花萬樣嬌”句，故名。又名《臘梅香》《玉簟秋》。雙調，六十字。題爲元人伊世珍作的《瑯嬛記》引《外傳》雲：“易安結縭未久，明誠即負笈遠游。易安殊不忍別，覓錦帕書《一剪梅》詞以送之。”清照初嫁趙明誠時，兩家俱在東京，明誠正爲太學生，並無負笈遠游之事。此記載所雲，顯非事實。何況《瑯嬛記》本是僞書，所引《外傳》更不知爲何書，不足爲據。細味此詞，詞中寫感物傷秋、泛舟遣懷，情狀甚爲孤獨，顯然是抒寫與丈夫別後悠長的思念，並非送別之作。

一剪梅（紅藕香殘玉簟秋）詞意圖　馮遠 繪

【句解】

紅藕香殘玉簟秋，輕解羅裳，獨上蘭舟

“紅藕香殘”，狀户外之景，荷花已經凋殘，餘香若有若無。“玉簟秋”，點明時令，暑去秋來，所以竹席生涼，其實也含有人去席冷、内心孤凄之意。“玉簟”，指光滑似玉的竹席。

秋意蕭疏，本是自然之景，却不免觸動人的情懷。主人公更换了衣服，獨自划船出游。“輕”，是輕手輕脚的意思，似乎生怕驚動別人。“獨上”，有寂寞冷落之感，暗示離情，説明這不是閑情逸緻的游玩。“蘭舟”，即木蘭舟，船的美稱。

全句設色清麗，蘊藉簡練，在寫景紀事之中點明時節，渲染環境氣氛，烘托出人物情懷。有評家説首句“精秀特絶，真不食人間烟火者”。南唐中主李璟詞有“菡萏香銷翠葉殘”，同樣是説荷花凋殘，秋天來了，但不如清照詞富有詩意。

雲中誰寄錦書來，雁字回時，月滿西樓

這幾句直接抒寫離别相思之情，構成一種目斷神迷的意境。前兩句是倒裝句，意思是説，當空中大雁飛回來時，誰讓它捎來書信?

回文織錦、雁足傳書，都是詩詞中常用的故典。前秦蘇蕙曾織錦作《璇璣圖詩》，寄其夫竇滔，計八百四十字，縱横反複，皆可誦讀，文詞凄婉。後人因此稱妻寄夫函爲“錦字”“錦書”，亦泛用作書信的美稱。“雁字”，群雁飛時常排成“一”字或“人”字，詩文中因以“雁字”稱群飛的大雁。“雁字回時”，是説主人公思念丈夫，盼望音訊，不必實有其景。

主人公的相思是那樣的强烈，不論白天還是晚上，也無論家中愁坐還是登舟獨游，都縈繞在心，不可斷絶。在明月之夜，她登上西樓，望斷天涯，但明月自滿，人却未圓。月光皎潔，主人公的身影越發顯得孤獨。“西”字，説明月已西斜，足見時間之久，佇盼之殷。

花自飄零水自流，一種相思，兩處閑愁

落花飄零，流水悠悠，一切都逝去如斯。這既是即景，又兼比興。“自”，是“空自”或“任自”的意思，有一種感嘆的意味。有人説，這是主人公慨嘆自己“青春易老，時光易逝”。其實，它包含的内容應該更廣，其所喻的可以是人生、年華、愛情、離别等，給人以“無可奈何花落去”之感，也給人以“水流無限似儂愁”之恨。

“一種相思，兩處閑愁”，是從對面設想之語，在寫自己的相思之苦、閑愁之深的同時，由己身推想到對方，深知這種相思不是單方面的，而是雙方的，以見兩心之相印。

此情無計可消除，纔下眉頭，却上心頭

詞的結尾，詞人進一步渲染了深沉的情懷：相思時刻縈繞，愁苦綿長不絶，真是没有辦法排遣；緊皺的眉頭方纔舒展，而思緒又涌上心頭。這里，“眉頭”與“心頭”對應，“纔下”與“却上”成起伏，語句工整，形象地展現了相思之苦的短暫變化。

這幾句和李煜《相見歡》中的“剪不斷，理還亂，是離愁。别是一般滋味在心頭”，意境相似，有异曲同工之妙。王士禛在《花草蒙拾》中說，它們是從范仲淹《御街行》“都來此事，眉間心上，無計相回避”脱胎而來。的確，李詞是從此化出，但别出巧思，更加閑婉自然，歷來爲人稱道。

評解

李清照此詞，以女性特有的細膩深婉抒寫别後相思之情。此種題材，在宋詞中爲數不少，若處理不當，必落俗套。然清照此詞，語言清新，明白如話，情極深摯，在通俗中又多見匠心，如“一種相思，兩處閑愁”，“纔下眉頭，却上心頭”，雖是對句，讀之聲韻和諧流暢、自然飄逸，並無窒礙之病。李廷機《草堂詩餘評林》稱讚此詞“頗盡離别之情，語意飄逸，令人省目”。

對於此詞，有一種理解頗可關注。此説認爲“獨上蘭舟”是理解全詞意脉的關鍵。“紅藕香殘”暗寫季節變化；“玉簟秋”謂竹席已有秋凉之意；“雁字回時”爲秋雁南飛之時；“月滿西樓”，西樓爲女主人公住處，月照樓上，自然是夜深了。若以“蘭舟”爲木蘭舟，爲何女主人公深夜還要獨自坐船出游？而且她“獨上蘭舟”時，爲何還要“輕解羅裳”呢，這樣解釋顯然與整個環境是矛盾的。“蘭舟”只能理解爲床榻，“輕解羅裳，獨上蘭舟”，即是她解衣去裳，獨自一人上床準備睡覺了。“玉簟秋”乃睡時的感覺，聽到雁聲，見到月光滿樓，更增秋夜孤寂之感，於是詞的下片抒寫對丈夫的思念便是全詞意脉必然的發展。此説有一定的道理。

行香子

草際鳴蛩，驚落梧桐，正人間天上愁濃。
雲階月地，關鎖千重。
縱浮槎來，浮槎去，不相逢。

星橋鵲駕，經年纔見，想離情別恨難窮。
牽牛織女，莫是離中。
甚霎兒晴，霎兒雨，霎兒風。

題解

此詞爲《樂府雅詞》所載，後世版本亦多所收録，《歷代詩餘》題作“七夕”，與詞中所寫牛郎、織女故事相合。“七夕”是中國傳統節日之一，傳説七月七日是牛郎織女聚會之夜。古時七夕有乞巧的風俗，在這天晚上，無論宮廷民間，婦女們都要在月下庭中，陳設瓜果，擺下針綫，乞求織女賜給她們織布綉花的慧心巧手。

這首詞大約作於清照同丈夫婚後又離居的時期，具體創作年代不詳。從詞的内容來看，詞人借牛郎織女的相思之苦，抒發人間的離愁別恨。“正人間天上愁濃”，乃全詞主旨之所在。

行香子（草際鳴蛩） 詞意圖　徐震時 繪

【句解】

草際鳴蛩，驚落梧桐，正人間天上愁濃

"蛩"，蟋蟀。夜晚如此安静，蟋蟀在草叢中幽凄地鳴叫着，梧桐樹葉似被這鳴聲驚醒，飄摇着落在地上。這正是人間天上離愁别恨最重的時候。

"驚落梧桐"，將梧桐擬人化，彷彿梧桐也因秋來而悲愁傷感。在詩詞中，梧桐落葉常被作爲凄清景象的象征。如白居易《長恨歌》"秋雨梧桐葉落時"，就是寫楊貴妃死後，唐玄宗看到梧桐落葉而觸景傷情。温庭筠《更漏子》"梧桐樹，三更雨，不道離情正苦"，李煜《相見歡·秋閨》"寂寞梧桐深院鎖清秋"等，都是寫梧桐落葉的凄清，引起離情之苦。詞人這里也是寄情於景，通過梧桐表現自己的離愁。

唯其如此，下句寫"人間天上愁濃"，也就顯得很自然，毫不感到突兀了。詞人由眼前之景，想落天外，詞境悠遠闊大。"天上"，暗點出牽牛、織女。七夕雖爲牛郎織女相會之期，然而相會之時即爲離别之日，此情正苦。"人間"，包括人世間一切别離中的男女。牛女尚能一夕相值，自己却總爲離情别緒所煎熬，於是愈益愁苦。

雲階月地，關鎖千重。縱浮槎來，浮槎去，不相逢

"雲階月地"，以雲爲階，以月爲地，指天宫。"浮槎"，用竹木編成的筏子。張華《博物志》記載，天河與海可通，每年八月有浮槎，來往從不失期。有人乘着它從海上出發，航行十餘天，到了天上，看到城郭房捨，非常壯麗；牛郎在天河岸邊飲牛，織女却在遥遠的天宫中織布。

這幾句是對張華上述記載的概括：天宫以月爲地，以雲爲階，重重關鎖；即使我像傳説中的人那樣浮游天際，乘槎而去，乘槎歸來，也不能同織女牽牛相逢。這幾句字面雖寫天上，用意則在人間。"關鎖千重"，極言阻隔之深，緻使有情男女不得會合團聚。

星橋鵲駕，經年纔見，想離情别恨難窮

"星橋鵲駕"，相傳每年七月七日夜間，喜鵲在天河上搭橋，讓織女與牛郎相會，這橋俗稱"鵲橋"，也叫"星橋"。這幾句意思是説，分别一年，只得一夕相會，離情别恨，自然年年月月永無窮盡。"想"包含對牛郎織女的痛惜體貼之意，也是同病相憐之語。

這三句和杜牧《七夕》詩"雲階月地一相過，未抵經年别恨多。最恨明朝

洗車雨，不教回脚渡天河”意境相類似，都是對牛郎、織女一年一度相會表示同情。歷來詩人以七夕爲素材進行創作的，也往往對牛郎、織女的愛情生活受到天帝無理干涉而長期分居感到不平，爲他們代訴相思之苦。李清照所寫的也就是她與丈夫分别後的自我感受，是她的離情之苦。

牽牛織女，莫是離中。甚霎兒晴，霎兒雨，霎兒風

一年一度的相逢，尚嫌其少，何况在這難得的相逢中又屢遭不測風雲的阻撓呢？結句就是這樣引出來的：天一會兒晴，一會兒雨，一會兒又颳風，牛郎織女莫不是已經在分離了吧？“莫”爲猜疑之詞，即大概、大約之意。“甚”是時間副詞。“霎兒”，口語，指短暫的時間，猶言一會兒。叠用三個“霎兒”，酷似愁煩難耐的語氣，有幽怨不盡之意。

牽牛、織女，是人間别離男女的化身。詞人明寫關心牛郎織女，生怕天氣陰晴不定、風雨莫測，阻礙他們一刻千金的相逢，實則心懷人間别離男女，深恐他們遭遇命運變幻。這幾句語意雙關，構思新穎，以天氣陰晴喻人間悲喜，貼切生動。

評解

這首詞境界奇麗，淒婉動人，以牛郎織女傳説爲寄托，表現了人間夫妻的離愁别恨，深寓自我體驗。詞人巧妙地將天上人間融爲一體，塑造出虚幻與現實相結合的藝術境界，用虚幻中的藝術形象來抒發她在現實中的情思，二者結合得非常自然。這對開拓意境起到了重要作用，也展示了詞人豐富的想象力。此外，本詞叠句的運用，口語化的特色，無疑也增强了詞作的感染力。

點絳唇

寂寞深閨，柔腸一寸愁千縷。
惜春春去，幾點催花雨。

倚遍闌干，只是無情緒。
人何處，連天芳草，望斷歸來路。

題解

這首詞是李清照惦念離別的丈夫而作。《全宋詞》本據明陳耀文《花草粹編》另加詞題“閨思”二字，這與本詞的主題完全吻合。此詞雖寫女子閨閣之思，但與一般男性詞人的作品絶不相同。一般男性詞人的詞作中，其女性主人公多爲秦樓楚館的歌兒舞女，由於她們處於弱勢的地位，對於愛情生活没有自由選擇

點絳唇（寂寞深閨） 詞意圖　蕭惠珠 繪

的餘地，所以大多表現失意被棄的哀怨。清照出身名門，她與趙明誠婚後過着平靜幸福的生活。二人志趣相投，感情深篤，經常在一起共同校勘書籍，研討金石文字，以至廢寢忘食。當然，在這平靜美好的愛情生活中也有短暫的分離，一旦丈夫外出，她心中就增添一種難以言狀的煩惱與痛苦。這種滋味，她在《鳳凰臺上憶吹簫》詞中曾吐露過："生怕離懷別苦，多少事，欲説還休。"

【句解】

寂寞深閨，柔腸一寸愁千縷

詞以抒情入題，開門見山地點明題旨：主人公獨守深閨，倍感寂寞，思念遠人的一腔柔情，與不能相聚的痛苦交織着；愁情不絶，心神不寧，叫人不知如何是好。在古典詩詞中，閨怨、言情之作並不少，但多是男代女作。真正出於女性之筆，像李清照這樣大膽抒發自己的情懷，直接喊出"寂寞深閨"的，可以説是少之又少。此語不見得新鮮，但直言不諱，反而引人注目。

"柔腸一寸"，化用歐陽修《踏莎行》"寸寸柔腸，盈盈粉淚，樓高莫近危闌倚"的詞意。柔腸僅一寸，而愁緒竟千縷之多，詞人以極其懸殊的數字並列對照，讓人彷彿看到主人公寂寞愁苦、深情綿長、無可排遣的形象。"縷"，是指細長的綫。用"千縷"來形容愁，形象而具體，有"剪不斷，理還亂"之意。

惜春春去，幾點催花雨

這是景語，也是情語。春光明媚，百花競放，一切多麽令人留戀。只可惜暮春時節，一番風雨，催逼着落紅，也催着春天匆匆而去。春回大地，萬象更新，總給人以希望和欣喜，也給獨處深閨的愁人帶去了一些安慰。然而，就是這難得的美好也留它不住。這兩句没有直言其愁，然而主人公的滿腹愁情已寓於景中。惜春，惜花，也正是惜年華、惜美好幸福的寫照。

倚遍闌干，只是無情緒

此詞上片抒寫獨處深閨的寂寞心情，下片由景及人，進一步抒寫離別的愁苦和盼歸的心境。主人公從幽居的閨房里步出户外，倚着闌杆痴望遠方。然而始終不見愛人歸來，因而意緒不佳。

中國古典詩詞中，常用"倚闌"表示人物心情悒鬱無聊。這里詞人在"倚"後綴以"遍"字，説明她不是在一處"倚"而是處處"倚"，用簡練細緻的筆墨刻畫出主人公盼望、失望、徘徊的神態。這樣，不需要寫她的往來踱步，以及由此焦急情緒而産生的種種動作，讀者已在聯想中感受到她精神的苦悶與心神不寧。如果改成“獨倚闌干”，語意相同，平仄一樣，但就不能體現那種情態了，所謂“不著一字，盡得風流”。

人何處，連天芳草，望斷歸來路

結尾三句，寫詞人遥望丈夫歸來的情景。憑闌遠眺，只見山長水遠，蒼茫無際，惟見芳草連天，而伊人何在？《續選草堂詩餘》卷上謂“草滿長途，情人不歸，空攬寸腸耳”。以春草喻離愁，在古典詩詞中較爲習見，如《楚辭・招隱士》雲：“王孫游兮不歸，春草生兮萋萋。”李煜《清平樂》詞雲：“離恨恰如春草，更行更遠還生。”

“望斷”句的“斷”，作盡解。“望斷”，是望得很遠很遠，望到了最盡頭，足見其思念之情極其深切。與晏殊《蝶戀花》“獨上高樓，望盡天涯路”、秦觀《滿庭芳》“傷情處，高城望斷，燈火已黄昏”有异曲同工之妙。

評解

這是一首寫傷春兼離恨的閨怨詞。上片由情及景，情中寫景；下片景中抒情，全篇情景融爲一體。筆觸從閨房轉到户外，由深閨相思寫到憑闌遠眺；起寫深閨寂寞之愁，結寫切盼歸來之情，結構緊凑，一氣貫注。

這首小詞采用白描手法，没有典故，不假藻飾，充分體現了李清照詞作明白如話、語淺情深的藝術特色。明代陸雲龍在《詞菁》中稱道此詞是“淚盡個中”，清陳廷焯《雲韶集》也盛讚此作“情詞並勝，神韻悠然”。

聲聲慢

尋尋覓覓，冷冷清清，凄凄慘慘戚戚。
乍暖還寒時候，最難將息。
三杯兩琖淡酒，怎敵他晚來風急。
雁過也，正傷心，却是舊時相識。

滿地黄花堆積，憔悴損，如今有誰堪摘。
守着窗兒，獨自怎生得黑。
梧桐更兼細雨，到黄昏點點滴滴。
這次第，怎一個愁字了得。

題解

《聲聲慢》是李清照的名篇之一，歷來爲人稱道。寫作時間不詳。有人認爲作於南渡以後，正值金兵入侵，北宋滅亡，丈夫去世，一連串的打擊使她嘗盡了國破家亡、顛沛流離的苦痛。有人則認爲是中年時期所作。

這首詞通過描寫殘秋所見、所聞、所感，抒發自己孤寂落寞、悲凉愁苦的心緒。詞風深沉凝重、哀婉凄苦，一改前期詞作的開朗明快，其境界、成就遠遠超出了早期的“閨情”之作。

聲聲慢（尋尋覓覓） 詞意圖　汪國新 繪

【句解】

尋尋覓覓，冷冷清清，淒淒慘慘戚戚

上片以清冷之景襯托情懷的淒涼冷落。

“尋尋覓覓”四字劈空而來，似乎難以理解，細加玩索，乃是指一種極度空虛茫然的心理狀態。環境孤寂，心神不寧，無可排遣，無可寄托，心中若有所失。那一直苦苦尋覓的是什麽呢？想要抓住什麽，結果却什麽也得不到，所感到的，仍然只是恍惚茫然，這纔如夢初醒，感到四週“冷冷清清”。這四字既明指環境，也暗指心情。常言説“人悲物亦悲”，在一個悲傷淒凉人的眼中，所有的事物都似乎暗淡無光、無温暖可言。尋覓的結果，不但没有減輕内心的傷痛，反而由清冷之景更生一種淒凉、慘淡和悲戚之情。“淒淒慘慘戚戚”，即純粹描繪内心感受，爲全詞定下了感情基調。在語言習慣上，“淒”可與“冷”“清”相結合，也可以與“慘”“戚”相結合，從而構成淒冷、淒清、淒慘、淒戚諸詞，無論怎樣組合，都是悲傷冷落的詞彙。由此可見，這三句十四字，實分三層，循序漸進，由淺入深，文情並茂。

這三句以七組叠字構成，信手拈來，自然巧妙，而無斧鑿痕，藝術手法之大膽新奇，歷來爲衆詞評家所激賞。宋張端義《貴耳集》雲：“此乃公孫大娘舞劍手。本朝非無能詞之士，未曾有一下十四叠字者……後叠又雲‘梧桐更兼細雨，到黄昏點點滴滴’，又使叠字，俱無斧鑿痕。”十四個字無一愁字，却寫得字字含愁，聲聲含悲，形成一種抑揚頓挫、如泣如訴的音韻效果，彷彿珠落玉盤。

乍暖還寒時候，最難將息

淒然寡歡、慘然抑鬱的心情，讓人難以解脱，偏偏又遇上天氣變化無常，忽暖忽寒，讓人更加難以適應。“將息”，養息、適應。愁傷神，憂損體，這兩句不寫哀愁而哀愁已自見。

三杯兩琖淡酒，怎敵他晚來風急

喝了幾杯淡酒，原想可以驅除寒意，排遣愁苦，可是這薄酒怎能敵得過那冷瑟的秋風；特别是到了傍晚，那風一陣緊似一陣，來得是那樣的急。

主人公愁懷難遣，歸因於“淡酒”。也許酒性依舊是烈的，只是因爲詞人的愁太重了，酒入愁腸愁更愁，滿心都是愁，緻使酒力壓不住心愁，自然就覺得酒味淡了。

“晚來風急”，有的版本作“曉來風急”，並據此認爲這首詞寫從早到晚的情況。

雁過也，正傷心，却是舊時相識

這三句將上文含情未説之事，略加點明。正在這孤寂冷落的傷心時刻，舉頭仰望，忽見一群鴻雁，掠過高空。在急風淡酒、愁緒難消的情景中，它們的到來，打破了眼前沉鬱的氣氛。但這感覺，不是喜悦，而是新愁。雁到秋天，由北而南，主人公往昔似已見過，故謂“舊時相識”。《唐宋詞選釋》説：“雁未必相識，却雲‘舊時相識’者，寄懷鄉之意。”

清照早年在詞中多次寫到雁，如《一剪梅》中雲：“雲中誰寄錦書來？雁字回時，月滿西樓。”南渡前所寫《念奴嬌》中有“征鴻過盡，萬千心事難寄”之句。這舊時相識，曾經在離愁中帶給她親人的音訊，帶來安慰和團聚的希望。而如今“物是人非事事休”，同樣是“雁過也”，却有一種哀哀欲絶的淒苦之情，讓人彷彿聽到了長空中那南飛雁一聲聲淒厲的哀鳴。

滿地黄花堆積，憔悴損，如今有誰堪摘

過片直承上來，仰望見長天過雁，俯視則滿地殘花。在秋天，菊花曾經傲對寒霜，開得茂盛，可惜轉瞬凋零，它們曾經金黄鮮亮的花瓣已經枯萎，零落了一地，有什麽可摘的呢？在往年，“菊花須插滿頭歸”，而現在又哪有這樣的興緻呢？“憔悴損”，是枯萎、凋零的意思。“有誰堪摘”，是説有什麽可采。“誰”，何的意思。

菊花已然憔悴，好比人的生命一樣盛時不再。主人公孤苦飄零，此時對花自憐，不禁黯然神傷。

守着窗兒，獨自怎生得黑

前面寫急風欺人，淡酒無用，雁逢舊識，菊惹新愁，所見所感，皆是使人傷心之事。於是長久無言，坐在窗前，獨自怎麽能熬到天黑呢？這是寫獨坐無聊、内心苦悶之狀。“怎生”，怎麽。彭孫遹《金粟詞話》雲：“李易安‘被冷香消新夢覺，不許愁人不起’，‘守着窗兒，獨自怎生得黑’，皆用淺俗之語，發清新之思，詞意並工，閨情絶調。”所論極是。

梧桐更兼細雨，到黄昏點點滴滴

就這樣挨到黄昏，無奈又是秋雨梧桐，更添愁思。這里暗用白居易《長恨歌》“秋雨梧桐葉落時”之意。最是不堪忍受這黄昏的雨，它的到來幾乎讓人的内心變得極度脆弱敏感。

老天好像專門與人作對，此時此刻，窗外秋風既吹得梧桐沙沙落葉，又不停地下着細雨。到了黃昏的時候，檐下雨聲仍然是點點滴滴地響着。這里既是寫景，也是抒情。這些景物，實際上都寄寓着主人公的情懷。細雨點點滴滴，整個黃昏就被這單調而冗長的聲音占據了，什麽時候纔得完結呢？

這三句通過秋雨梧桐這些客觀景物，刻畫出主人公當時的心境，不僅形象、傳神，而且具有音韻聲響的節奏之感。“梧桐”句，雖説是實景，但也取意於《長恨歌》。就其意境和表現手法的繼承性來看，它和温庭筠的《更漏子》“梧桐樹，三更雨，不道離情正苦。一葉葉，一聲聲，空階滴到明”幾句相類似，也可能是從中變化出來。

這次第，怎一個愁字了得

心中無限痛楚抑鬱無以複加，從内心噴薄而出，逼出結句：這許多情況，豈是一個“愁”字所能包括得盡、概括得了？“這次第”，猶言這種情況，或這般光景，宋人口語。

詩人寫愁，多半極言其多。清照獨闢蹊徑，化多爲少，只説自己思緒紛茫複雜，不是一個“愁”字所能言明，但又不説“愁”之外更有什麽。全詞至此，戛然而止，欲説又休，文外多少難言之隱，個中滋味，真可謂“味之者無極，聞之者動心”（鐘嶸《詩品》）。

評解

此詞通篇情調清冷凄苦，沉哀入骨，心境與物象融合無迹。環境冷清，淡酒無用，雁陣無信，疾風欺人，黃花憔悴，梧桐細雨，一切都强化了悲涼的色彩。全詞一氣貫注，在結構上打破了上下片的局限，着意渲染愁情，如泣如訴，感人至深。

在藝術上，此詞頗多獨到之處。首句連下十四叠字，出奇制勝，使讀者恍如身臨其境，若聞其聲。全詞造語奇雋，而以淺俗語發清新之思，詞與意並，音調諧美，富有音樂美，是《漱玉詞》中之佼佼者。李清照作詞主張嚴守聲律，於聲調上也頗多講究。詞中出現了大量雙聲叠韻字，冷與清、暖與寒、凄與慘、慘與戚、點與滴等的自然音響和鮮明節奏，讀來鏗鏘悦耳、抑揚頓挫。此詞用齒音四十一字，舌音十六字，共占全詞一半以上的篇幅。尤其是篇末“梧桐更兼細雨，到黃昏點點滴滴，這次第，怎一個愁字了得”，二十餘字中，舌、齒兩聲交加重叠，似乎是特意用嚙齒叮嚀的口吻，表達憂鬱惝恍的心情。此詞雖有以上諸多奇妙之處，但並非刻意求工，而是自然動人。

臨江仙

歐陽公作《蝶戀花》，有"深深深幾許"之句，予酷愛之。用其語作"庭院深深"數闋，其聲即舊《臨江仙》也。

庭院深深深幾許，雲窗霧閣常扃。
柳梢梅萼漸分明，春歸秣陵樹，人老建康城。

感月吟風多少事，如今老去無成。
誰憐憔悴更凋零，試燈無意思，踏雪沒心情。

題解

這首詞作於建炎三年（1129）元宵節前後，是李清照晚期代表作之一。

歐陽修《蝶戀花》詞雲："庭院深深深幾許，楊柳堆烟，簾幕無重數。玉勒雕鞍游冶處，樓高不見章臺路。雨橫風狂三月暮，門掩黃昏，無計留春住。淚

臨江仙（庭院深深深幾許） 詞意圖 王西京 繪

眼問花花不語，亂紅飛過秋千去。”歐詞純爲閨怨之作，而李清照的這首詞貌寫閨情，實蘊身世、時局之痛。她作此詞時，已是胡馬飲河、宋室南渡的第三個年頭，也是她到建康（今南京）的第二年。

【句解】

庭院深深深幾許，雲窗霧閣常扃

詞人抵建康已近一年，國事日非，返鄉無望，精神逐漸消沉，於是深居簡出。看到歐陽修的《蝶戀花》“庭院深深深幾許”句，觸動心懷，並直接引用。前兩個“深”字爲形容詞，狀庭院之幽深曲折；後一個“深”字爲動詞，協助疑問：這深深的庭院啊，它到底有多深呢？三個“深”字叠加，不僅渲染出庭院的幽冷深邃，而且收到了跌宕回環的聲情效果。

“雲窗霧閣常扃”，化用韓愈《華山女》詩“雲窗霧閣事恍惚，重重翠幕深金屏”。“扃”，關鎖。此句意謂：幽深的庭院，深藏在雲霧當中，一片迷茫，看不清楚；而窗子常閉，閣門深鎖，似乎與世隔絕。何其幽閉的環境，多麼令人沉悶的氣氛！這應是主人公心情渺茫、極爲孤寂的寫照。

柳梢梅萼漸分明，春歸秣陵樹，人老建康城

人無情趣，可是時光依舊。你看，柳梢已有青色，梅花的花蕾也生出來，而且都漸漸看得清楚了。此句寫景如畫，好比淡墨勾勒。一個“漸”字，寫出了光陰流轉、梅樹柳枝在春天漸漸豐盈起來的景象。早期作品里，詞人多有喜春之情。如今面對异地春光，她不禁見物生情：春天回來了，秣陵的柳梅已展示了春意，可是我自身呢？看來回歸無望，恐怕要終老建康城了。

“秣陵”“建康”，均指今江蘇南京。作爲古都，南京歷史上曾數次更名。楚威王以其地有王氣，埋金鎮之，名曰金陵。晉初曾名秣陵、建康等。北宋時稱江寧，南宋高宗建炎三年（1129）五月又改稱建康。

感月吟風多少事，如今老去無成

“感月吟風”，也就是“吟風弄月”。詞人說，她過去做了許多寫詩填詞之事，可是現在年老了，竟一事未成。清照早年自負詩纔，有過美好的生活和理想，然而往事不堪回首，一切都已烟消雲散。如今離鄉背井，有的只是黯然神傷。建炎之初，清照曾寫下許多政治詩篇，希望朝廷能以社稷蒼生爲重，誰知中原恢複大業竟至蹉跎。面對南渡偏安的悲劇，詞人既痛北宋之亡，又自傷身世。

誰憐憔悴更凋零，試燈無意思，踏雪没心情

滿腹心事，一腔愁懷，鬱結在心，有誰能了解呢？山河破碎，漂泊异地，老去無成，更是讓人傷心不已，憔悴不堪。哪里還有心情去預賞花燈，踏雪尋詩呢？

“試燈”，宋人極重元宵節，每逢元宵，燈市總是熱鬧非凡，往往在節前幾天就陸續張燈預賞。“踏雪”，宋周輝《清波雜志》卷八載：“頃見易安族人言，明誠在建康日，易安每值天大雪，即頂笠披蓑，循城遠覽以尋詩，得句必邀其夫賡和，明誠每苦之也。”無論試燈還是踏雪，都是清照當年所喜好。如今，境遇不同，情緒也就不一樣了。

評解

這首《臨江仙》是清照南渡以後第一首能準確編年的詞作。國破家亡，個中愁苦，只能用曲筆婉達。少女時代的清純，中年時代的憂鬱，一化而爲老年時期的沉隱悲愴。整首詞作幾乎是以口語入詞，明白曉暢，又極準確深刻地傳達了詞人彼時的心理狀態；今昔對比的運用，情感抒發的沉鬱，都給人留下極深的印象。

孤雁兒

世人作梅詞，下筆便俗。予試作一篇，乃知前言不妄耳。

藤床紙帳朝眠起，説不盡無佳思。
沉香斷續玉爐寒，伴我情懷如水。
笛聲三弄，梅心驚破，多少春情意。

小風疏雨蕭蕭地，又催下千行淚。
吹簫人去玉樓空，腸斷與誰同倚。
一枝折得，人間天上，没個人堪寄。

題解

清照雅好梅花。其筆下的梅花，姿態各异，或初放，或盛開，或殘敗，皆饒有韻緻。此詞雖寫梅花，但和一般正面描寫梅花的篇什不同，詞人意在借詠梅悼念亡夫趙明誠。明誠於建炎三年（1129）八月離世，此詞當作於建炎四年以後某個春天。清照在小序中批評前人寫的詠梅詞多平庸之氣，遂以《孤雁兒》爲調試筆，意欲免俗創新。

孤雁兒（藤床紙帳朝眠起） 詞意圖 春雨 繪

【句解】

藤床紙帳朝眠起，説不盡無佳思

“藤床”，一種用藤條綳在木框上製成的床，輕便舒適。“紙帳”，用藤皮繭紙製成的帳子，稀布爲頂，取其透氣。主人公躺在藤床紙帳里，早上睡醒起來，情緒即不大好，心中説不盡的鬱悶憂愁。

床、帳、香爐，是一般閨情詞的常見意象，詞人也從這些物事寫起，並直入人物的内心世界。沈義父在《樂府指迷》中説：“大抵起句便見所詠之意，不可泛入閑事，方入主意。”此詞正是這樣，一開篇即奠定了憂愁的基調。

沉香斷續玉爐寒，伴我情懷如水

屋内是這樣的沉寂，時間也好像静止了一樣，主人公倍感孤寂，四顧室内，只見玉爐中的沉香早已熄滅，無心再續。不光是那殘灰、寒爐，就連空氣似乎都是冷冰冰的，惟有它們，陪伴着主人公如水一樣冰凉的情懷。

笛聲三弄，梅心驚破，多少春情意

“弄”，小曲。這里指漢樂府横吹曲詞中的《梅花落》。此樂曲的主調反複出現三次，故稱“梅花三弄”。“梅心”，指梅花的蓓蕾。此時情懷正自凄凉，突然間傳來悠揚凄怨的笛聲。這《梅花落》的曲子，斷斷續續，如怨如訴，聽來惹人無限傷心。於是情不自禁地走到室外，突然間驚訝地發現，一個人在屋子里悶了這麼久，原來室外竟有如許春色，那枝頭的梅花早在不知不覺間開放了。“梅心”句，是擬人法。詞人靈心善感，賦無情之物以知春的靈性，在她的筆下，笛聲催開梅花，梅花也因爲聽到了笛聲而醒悟到春天已經到來，驚訝地綻放了自己的花朵。詞人着一“驚”字，就將梅花開放的形狀和神情都活現出來了。

笛聲悠揚，梅花競放，給人間帶來了多麼濃鬱的春天氣息啊！這與室内沉香斷續，玉爐生寒的景象形成了鮮明的對比。可主人公的心情是否就此變得和這盎然的春意一樣富有生機了呢?

小風疏雨蕭蕭地，又催下千行淚

雖然春意盎然，然而天氣有變，送來了微風細雨。稀疏的春雨瀟瀟地下着，漸漸地打濕了一切，梅花因而更加滋潤美麗，但主人公憂鬱的心情並没有因之改變，反而被催下了千行清淚。“又”字是接續“無佳思”説的。原本意緒寥落，了無佳思，情懷如水，如今又是小風疏雨，更加令人感傷。這種内心的悲苦之情，就這樣一步一步加深。

吹簫人去玉樓空，腸斷與誰同倚

主人公如水情懷，究竟爲何，至此方纔道明。“吹簫人”，喻知音者。這一典故出自《列仙傳》。秦穆公時，有個人名叫蕭史，善吹簫，簫聲能將孔雀、白鶴吸引到院子里來。穆公有個女兒，叫弄玉，喜歡蕭史，穆公就把弄玉嫁給了他。蕭史天天教弄玉吹簫，模倣鳳的叫聲。幾年後，弄玉果然能吹出鳳的鳴聲，因此引來許多鳳凰。穆公於是建了一座鳳凰臺，蕭史夫婦就住在這臺上。又過了幾年，有一天，蕭史弄玉隨着鳳凰飛昇而去，雙雙成仙。清照在這里以蕭史喻指趙明誠。“吹蕭人去”，即是説趙明誠已去世。

當年二人伉儷情深，詩文唱和，互爲知音，如今丈夫已經離世，有誰能和她一同憑闌觀賞盛開的梅花呢？沉思前事，不禁淚下如雨，肝腸寸斷。“玉樓”，是對小樓的美稱。蕭史弄玉雙雙仙去的美麗傳説，既暗示了她曾有過的夫唱婦隨的幸福生活，又以“人去樓空”，傾訴了昔日歡樂已成夢幻的刻骨哀思。

一枝折得，人間天上，没個人堪寄

院内梅花開得正好，此時順手摘來一枝，可是轉念一想，又寄與何人？人間已經無法找到可寄之人，天上更是渺茫難尋。南朝陸凱《贈范曄》詩雲：“折梅逢驛使，寄與隴頭人。江南無所有，聊贈一枝春。”詞人也想折梅寄遠，但却已無人可寄！結句情思無限，正面落筆於梅花，深切地表達了對亡夫趙明誠的深厚感情和極其沉痛的悼念。劉熙載在《詞概》中說：“收句非繞回即宕開，其妙在言雖止而意無盡。”

評解

作爲一首梅詞來看，李清照在避免“下筆便俗”的弊病上，已經作出了有益的探索。她儘量擺脱描寫梅花的花朵、枝條、顔色、芳香等俗套，也不緻力於點染“疏影横斜”“暗香浮動”一類優美的詞句，而是從梅花所引起的人的内心活動上構思立意。

在這首詞中，詞人始終以寫人爲主體，借物抒情，情景融合。在寫梅之中，寄托悼亡之情。全詞以“梅”爲綫索，相思之情，被梅笛挑起，被梅心驚動；又因折梅無人共賞，無人堪寄而陷入無可排遣的綿綿長恨之中。全詞以景襯情，將環境描寫與心理刻畫融爲一體，營造出一種孤寂凄婉的意境。

菩薩蠻

風柔日薄春猶早，夾衫乍著心情好。
睡起覺微寒，梅花鬢上殘。

故鄉何處是？忘了除非醉。
沉水卧時燒，香消酒未消。

題解

北宋王朝淪陷以後，金兵仍不斷南侵，清照的故鄉已被占領。她輾轉南下，流寓江浙一帶。在她當時的詞作中，常流露出懷鄉之情、故國之思。這首詞雖然是寫她的一些生活瑣事，却有着强烈的家國情懷。

菩薩蠻（風柔日薄春猶早） 詞意圖　蕭惠珠 繪

【句解】

風柔日薄春猶早，夾衫乍著心情好

初春時節，和風拂人，輕柔地吹拂大地；陽光和煦，天氣已漸漸暖和起來。剛剛換上合身的夾衫，渾身有説不出的輕鬆，心情也舒暢了許多。“日薄”，形容春日陽光明麗和煦。“薄”，迫近。

開篇二句下筆和緩，一種平静和愉的情緒，似乎輕輕地浮在早春的空氣當中。然而，誰能知曉主人公内心深藏的情緒呢?

睡起覺微寒，梅花鬢上殘

這二句承接上义，用倒叙之筆寫睡起以後的情態。在那風和日麗的早春季節，濃睡起身，雖然脱去冬裝，心情好了一些，但仍然感到一絲侵人的寒意，可見心境並非純粹的愉悦。她起來後似乎没有心思梳理整妝，鬢額上的梅花妝有些蓬亂而殘損。“梅花”，指梅花妝。傳説南朝宋武帝的女兒壽陽公主，有一天卧於含章宫殿的檐下，忽然有幾朵梅花墜落在額頭上，形成五片花，拂之不去。後來遂有梅花妝。

此二句着“寒”“殘”二字，正隱約地透露了主人公心中的淡淡憂愁，爲下片思鄉深情作了有力的鋪墊。

故鄉何處是？忘了除非醉

在早春看似平静和愉的氛圍中，詞人轉寫思鄉，情調突變：哪里纔是我眷念不已的故鄉啊？除非喝醉了酒，不然我是忘記不了它的。

這兩句平白如話，却極深刻沉痛。“故鄉何處是”，不僅言故鄉邈遠難歸，而且還含着“望鄉”的動作。也就是説，白天黑夜，詞人不知多少次引頸北嚮，遥望故鄉。“忘了除非醉”，説明清醒時無時無刻不思念故鄉。正因爲思鄉之情把人折磨得無法忍受，所以纔借醉酒把它暫時忘却，可見它已强烈到何種程度。而詞人之所以會有“忘”的念頭，不僅是爲了暫時擺脱思鄉之苦，還同回鄉幾乎無望有關：如果回歸有期，那就存有希望，不會想到把它忘掉；惟其回鄉無望，念之徒增痛苦，纔覺得不如忘却。真是不敢想却又不能不想，想忘偏又記起。這種精神痛苦，如何纔能完結?

沉水卧時燒，香消酒未消

“沉水”，即沉香的别稱，是一種名貴的熏香。睡卧時所燒的熏香已經燃盡，香氣已經消散，説明已過了長長一段時間，但詞人的酒還未醒，可見醉得深沉。

醉深說明愁重，愁重表明思鄉之强烈。末句重用“消”字，句調圓轉輕靈，而詞意却極沉痛。不直接説愁，説思鄉，而説酒，説熏香，詞意含蓄雋永。

評解

這首詞寫得婉約情深，代表了李清照南渡後詞作的藝術風格。早春時節，風柔日薄，天氣晴和，人們度過嚴冬，春衫乍試。詞人直用賦法，言此時心情之好。下兩句忽作轉折。早春乍暖還寒，小睡起來，微寒侵膚妝猶殘，暗示意緒不佳。下片發出“故鄉何處”的悲呼。最後兩句，構思極其巧妙：不直接説愁，説思鄉，而説酒，説熏香，其鄉思之凄苦，盡於言外可見。此詞在感情的抒發上，由平緩細流而漸趨沉厚奔涌。詞人欲説還休的思鄉情緒，通過情景交融的日常生活畫面和明白如話的語言，深刻有力地傳達出來。

漁家傲

天接雲濤連曉霧，星河欲轉千帆舞。
彷彿夢魂歸帝所，聞天語，殷勤問我歸何處。

我報路長嗟日暮，學詩謾有驚人句。
九萬里風鵬正舉，風休住，蓬舟吹取三山去。

題解

王之道《漁家傲》：“絶唱新歌仍敏妙，聲窈窕，行雲初遏漁家傲。”由此來看，這個詞牌，在詞仍能演唱的年代，它的聲情是嘹亮高亢的。此詞氣勢豪邁壯闊，正與曲調聲情相合。這首詞在黄昇的《花庵詞選》中題作“記夢”。按題所示，這是一首記夢詞，實際上也是一首游仙詞。從詞的内容情調來看，應是南渡以後的作品。一般來説，李清照南渡以後，多寫愁苦寂寞之思，而這一首却是例外，全是夢境幻語，充滿了神异浪漫的奇思壯彩，是婉約詞宗李清照的另類作品。

渔家傲（天接雲濤連曉霧） 詞意圖 汪國新 繪

【句解】

天接雲濤連曉霧，星河欲轉千帆舞

詞一起筆便直賦夢境仙界，但見雲影星光，奇變麗幻，令人目眩神搖。那是夜色將盡的黎明時分，雲濤翻滾，晨霧迷蒙，天地之間一片蒼茫景象。忽又雲開霧散，星河燦爛，宛若千帆飛舞其中。“星河”，即天河。天河轉位，季節和時間也隨之更迭和推移。

起句蒼茫勁健，展現出一幅遼闊、壯美的圖卷。讀之彷彿身浮天穹，揚帆天際，在銀河之中尋覓理想之境。其中又準確地嵌入幾個動詞，繪景如活，動態儼然。“舞”字化静爲動，變平凡爲神奇，既出色地描繪了繁星在天空好像帆船一樣閃爍流駛，也傳達了詞人意緒的昂奮飛動。

彷彿夢魂歸帝所，聞天語，殷勤問我歸何處

在迷離恍惚之間，詞人夢魂飛越茫茫星空，不知不覺間來到了天帝的宮殿。她聽到天帝關切地問自己：你要回到哪里去？

“帝所”，天帝所居的宮殿。一腔心事，人間竟無可訴説者。惟有魂飛九霄之外，訴諸想象中的天帝。用一“歸”字，倍見親切，無形中縮短了仙凡之間不可逾越的距離，就好像詞人本是仙子降凡，只是由於不堪人世，纔又重返天庭仙界。“歸何處”這一發問，恰似一石投水，激起詞人心底層層波瀾：是啊，自茫茫人間，輾轉天庭，一路辛苦茫然，我究竟要到哪里去呢？心路歷程之渺茫曲折，由此可見。

我報路長嗟日暮，學詩謾有驚人句

下片緊承上文，以“我報”二字領起，通過回答天帝的詢問，傾訴憤懣，抒發豪情。“路長日暮”，化用屈原《離騷》詩意：“欲少留此靈瑣兮，日忽忽其將暮……路漫漫其修遠兮，吾將上下而求索。”這里，“路長”，謂人生之路漫長修遠；“日暮”，以夕陽西下喻人至暮年。在漫長的人生道路上，雖然努力上下求索，終少收效；而時不我待，人已臨暮年，豈不令人悲嘆！這里着一“嗟”字，生動地表現出她那彷徨憂慮的神態。

清照詩詞並工，纔華卓著，“直欲壓倒鬚眉”。自謂學詩“有驚人句”，對於自己的文章纔華，不無自負自豪之意。但冠一“謾”字，又見否定。“謾有”，空有之意。清照後期坎坷不斷，歷經國破家亡之痛，曾經美好的理想已經成空，在現實中常感到無奈與無助，擁有出衆的纔華又能如何？此句真實地表達了詞人内心深處的迷茫滄桑之情，流露出對現實的强烈不滿。

九萬里風鵬正舉，風休住，蓬舟吹取三山去

然而出人意料的是，詞情並未就此消沉，“九萬里風鵬正舉”一句又振起全局，使人精神爲之一振。《莊子·逍遥游》中有：“鵬之背，不知其幾千里也。怒而飛，其翼若垂天之雲……鵬之徙於南溟也，水擊三千里，摶扶摇而上者九萬里。”大鵬乘風展翅，扶摇直上，背負青天，志在萬里。“蓬舟”，謂輕如蓬草的小舟，極言所乘之舟的輕快。“三山”，指渤海中蓬萊、方丈、瀛洲三座仙山，相傳爲仙人所居，可望而見，但乘船前去，臨近時即被風引開，終於無人能到。詞人翻舊典出新意，欲借鵬摶九天的風力，吹到三山，膽氣之豪，境界之高，詞中罕見。

詞人借此抒發情懷，她要像大鵬那樣高飛遠舉，超越塵世，駕一葉扁舟，乘風破浪，直飛嚮海外仙山，這纔是心靈的最後皈依。上片寫天帝詢問詞人歸於何處，此處即交代歸宿。那樣的地方，應該没有離亂，没有孤凄，没有痛苦。此句全是縹緲幻語，但警峭勁拔，語勢迅疾飄忽，使人神游物外。

評解

清照歷來被視爲婉約詞宗，此詞却意境壯闊，風格豪邁，迷離恍惚，充滿神奇浪漫的色彩，抒發了對於自由仙境的熱烈渴求。起首兩句寫雲天星空，千帆舞動，渲染出神話般的色彩和奇幻氛圍。接下來以記夢游仙爲綫索，通過奇异的仙凡對話來抒情述志，從而集中筆墨，展現題旨。不僅如此，詞人還善於化用前人的詩文，以增强詞作的廣度和深度，如“路長日暮”脱胎於《離騷》，重在正面取意，做到以少勝多，言簡意賅。“驚人句”本自杜詩，但用“謾有”將詩意深入一層。“九萬里風鵬正舉”，則主要借取《莊子》形象，以喻騰飛之志。宋詞通常以兒女風月爲主，較少記夢游仙之作，此詞確爲罕見特絶之作。

永遇樂

落日熔金，暮雲合璧，人在何處？
染柳烟濃，吹梅笛怨，春意知幾許！
元宵佳節，融和天氣，次第豈無風雨？
來相召，香車寶馬，謝他酒朋詩侶。

中州盛日，閨門多暇，記得偏重三五。
鋪翠冠兒，撚金雪柳，簇帶爭濟楚。
如今憔悴，風鬟霧鬢，怕見夜間出去。
不如嚮、簾兒底下，聽人笑語。

題解

這首詞是詞人晚年流寓臨安（今浙江杭州）時某一年元宵節所寫，是李清照晚期詞作的名篇之一。詞人通過元宵節的所見所感，結合故國之思和淪落之悲，從今昔的對比中見出盛衰之感，寫得蒼涼沉鬱，感人至深。宋末劉辰翁曾和此詞，小序雲：“餘自乙亥上元，誦李易安《永遇樂》，爲之涕下。今三年矣。每聞此詞，輒不自堪。”可見此詞感染力之强。

永遇樂（落日熔金）詞意圖　高民生 繪

在宋代，元宵節是盛大的節日。這一天，不僅家家燈火，處處管弦，男女老少還要穿戴得光鮮漂亮，頭戴各種應景的首飾，出門游賞。北宋亡後，南宋小朝廷偏安一隅，依舊是追歡逐樂，歌舞昇平，在臨安仍繼續着元宵夜狂歡的傳統。在這衆人同樂的一天，詞人却鬱鬱寡歡，情懷凄苦，後寫下此詞。

【句解】

落日熔金，暮雲合璧，人在何處

起句即呈現出美妙的節日晚晴景象：燦爛的落日，金光熠熠，彷彿黄金熔化了一樣放射出异樣的光輝；那傍晚的雲朵，連成一片，好像塊塊白玉互相堆砌在一起。這正是歡度節日的好時光。但緊接着一句"人在何處"，却宕開去，是一聲充滿迷惘與痛苦的長嘆。這里包含着詞人由今而昔、又由昔而今的意念活動。

這里的"人"字，註家或以爲是詞人死去的丈夫，因"每逢佳節倍思親"，避難臨安、寡居無依的詞人，在元宵節想起丈夫在世時的歡聚情景，似在情理之中。但從全篇佈局來看，詞人意在今昔之對比，此"人"指詞人自己更有餘味。分明身在臨安，却明知故問，反襯出她流落异鄉、孤獨寂寞的境遇和心情。

染柳烟濃，吹梅笛怨，春意知幾許

接下來，詞人從視覺和聽覺進一步渲染了她所處環境的愁苦、蕭條氣氛：大地的柳林被朦朧烟霧塗染成一片濃鬱的顏色，遠處的笛子正吹出《梅花落》的幽怨之聲。色彩是陰暗的，聲調是悲凉的。在詞人看來，這初春佳節的氣氛，還能表現出多少春意呢？歡快的節日景象與令人憂慮的不安現實，恰成鮮明的對比。

元宵節時，天氣乍暖還寒，柳葉剛剛出芽，略呈淡黄色，但由於烟霧的渲染，柳色似也很深，故曰"染柳烟濃"。笛譜有《梅花落》曲，梅花凌冬開放，此時當已開始凋謝，故曰"吹梅笛怨"。接以"春意知幾許"，是説春意尚淺。"幾許"是不定之詞，具體運用時，意常側重於少。

元宵佳節，融和天氣，次第豈無風雨

在這歡快的元宵節日里，又是暖融温和的天氣，應該盡情地歡樂吧。詞人却又突作轉折，寫出隱隱不安：雖然現在晴好，這天氣陰晴難料，難道轉眼之間就不會颳風下雨嗎？"次第"，在這里是轉眼的意思。這里的"風雨"，不一定專指自然界的風雨，因爲詞人並不真正擔心元宵佳節會颳風下雨，它實隱指了世道的艱險和人生的坎坷，所謂“天有不測風雲”，這顯然是一個暗喻。這反映出詞人在歷經世道的艱難和人生滄桑之後，對於一切都感到變幻難測的特殊心境。

來相召，香車寶馬，謝他酒朋詩侶

詞人的晚景雖然凄凉，但由於她的纔名家世，臨安城中還是有一些人乘着香車寶馬前來邀她飲酒作詩，出門游賞。只因心緒落寞，她都婉言推辭了。這幾句看似平淡，却恰好透露出詞人飽經憂患後近乎漠然的心理狀態。“香車寶馬”，形容車駕的華美。“謝”，謝絶之意。

中州盛日，閨門多暇，記得偏重三五

這里，詞由上片的寫今轉爲憶昔。“中州”，今河南省開封市，這里是以中州代指汴京。“三五”，原指望日，這里指農曆正月十五日夜，即元宵節。遥想汴京淪陷以前的繁盛時代，自己有的是閑暇游樂的時間，而那時最看重的是元宵佳節。

鋪翠冠兒，捻金雪柳，簇帶爭濟楚

那時候，一到隆重的元宵節，我們都可以無拘無束地外出觀燈賞景，大家戴着翡翠羽毛的帽子，頭上插着用金綫編織的絹花首飾，個個妝扮得光鮮美麗。“鋪”，嵌鑲。“翠”，指翡翠鳥的羽毛。“冠兒”，即冠子，一種女式帽。“捻金雪柳”，一種婦女頭飾，形制不詳。“簇帶”，插戴或裝飾。“濟楚”，漂亮之貌。

這幾句集中寫當年的着意穿戴打扮，既切合青春少女的特點，充分體現那時候無憂無慮的游賞興緻，同時也從側面反映了汴京的繁華熱鬧。

如今憔悴，風鬟霧鬢，怕見夜間出去

但是，昔日的繁華歡樂早已成爲不可追尋的幻夢，歷盡國破家傾、夫亡親逝之痛，詞人覺得自己早已由風華正茂的少女變爲形容憔悴、蓬頭散髮的老婦，對外面的熱鬧繁華提不起興緻，懶得夜間出去。“風鬟霧鬢”，形容頭髮如在風中一般蓬鬆散亂，如在霧中一樣失去光澤。

“盛日”與“如今”兩種迥然不同的心境，從側面反映了金兵南下前後兩個截然不同的時代和詞人迥然的生活境遇，以及它們在詞人心靈上投下的巨大陰影。繁華散盡，斯人憔悴，觸目傷懷，情何以堪？於是“怕見夜間出去”。

不如嚮、簾兒底下，聽人笑語

不如悄悄躲在這簾兒下面，聽聽他人的歡聲笑語，暫且度過這漫長的節日之夜罷了。這一句又横生波瀾，詞人一方面擔心面對元宵勝景會觸動今昔盛衰之慨，加深内心的痛苦；另一方面却又懷戀着往昔的元宵盛况，想在觀賞今夕的繁華中重温舊夢，給沉重的心靈一點慰藉。這種矛盾心理，看來似乎透露出她對生活還有所追戀和嚮往，但骨子里却藴含着無限的孤寂悲凉。面對現實的繁華熱鬧，她却只能在隔簾笑語聲中聊温舊夢，這是何等的悲凉！

這最後兩句收語，寫得極其沉痛，不僅見出今昔盛衰之感，還有人我苦樂之别。

評解

此詞主要叙寫了詞人晚年在元宵節的所見所感。上片寫元宵佳節的情景，夕陽燦爛，晚雲瑰麗，然而此身何處？一聲追問，藴含多少欲説還休之哀痛。可惜融和天氣，獨自憂愁風雨，連酒朋詩侣的邀請也覺興味索然。下片從今昔對比中見出盛衰之感和沉痛悲苦的心情。追憶往事，當年汴京佳節，盛妝出游，如今繁華舊事已隨流水，一盛一衰，怎能不令人哀嘆。

雖寫元夕，却一反祝頌歡樂之詞，以委婉細膩的個人體驗寫出了南渡前後元宵節心境的巨大變化，深沉地反映了詞人晚年歷盡滄桑之後的悲凉心境。雖言身邊瑣事，悲嘆個人遭際，但其藴含的故國情思，其意義早已超越了個人身世之感。全詞情景交融，由今而昔，又由昔而今，跌宕有緻，形成麗景哀情和今昔盛衰的鮮明對比。感情深沉真摯，語言於樸素中見清新，平淡中見工緻，淺顯平易的口語與錘煉工緻的書面語交錯融合，於短幅之中見出無數曲折，確爲大家氣象。